浪人奉行

十ノ巻

稲葉稔

双葉文庫

目次

第一章　胸騒ぎ　8
第二章　ならず者　53
第三章　府中宿《ふちゅうしゅく》　103
第四章　野分《のわき》　151
第五章　天誅《てんちゅう》　215

浪人奉行　十ノ巻

武州多摩・八王子地図
青梅街道
至青梅
小川村
田無村
甲州道中
日野宿
府中宿
内藤新宿
至
麴町・江戸城
至八王子
大國魂神社
(六所宮)
布田五宿
多摩川

ときは天明《てんめい》――。

　諸国は飢饉《ききん》により荒れていた。原因となったのは、天候不順による暖冬と旱魃《かんばつ》、洪水、さらに岩木山《いわきやま》と浅間山《あさまやま》の噴火が挙げられる。

　とくに東北地方は悲惨を極め、ひどい食糧危機に陥《おちい》り、ときには人肉を食らい、あるいは草木に人肉を混ぜ犬の肉と称して売ったりするほどだった。

　口減らしのための間引《まび》きや姥捨《うばす》てはあとを絶たず、行き倒れたり餓死《がし》する者も珍しくなかった。飢餓《きが》に加え疫病《えきびょう》まで蔓延《まんえん》し、わずか六年の間に九十二万人あまりの人口が減ったといわれる。

　米をはじめとした物価は高騰《こうとう》の一途《いっと》を辿《たど》り、江戸で千軒の米屋と八千軒の商家が襲われ、騒乱《そうらん》状態は三日間もつづくありさまだった。

　これを機に、将軍家斉《いえなり》を補佐する老中筆頭《ろうじゅうひっとう》の松平定信《まつだいらさだのぶ》は改革に乗りだすも、その効果ははかばかしくなく、江戸には食い詰めた百姓や窮民《きゅうみん》が続々と流入し、治安悪化を招いた。

　在方《ざいかた》から町方に流れてくるのは、そんな輩《やから》だけではない。浮浪者、孤児《みなしご》、無宿《むしゅく》の無頼漢《ぶらいかん》、娼婦《しょうふ》、やくざ、掏摸《すり》、かっぱらい、追いはぎ、強盗……等《など》など。

　幕府は取締りを強化し、流民《りゅうみん》対策を厳しく行ったが、町奉行所の目の届かぬ郊外では、宿場荒らしや、食い詰めた質《たち》の悪い百姓や無宿人、あるいは流れ博徒《ばくと》が跳梁跋扈《ちょうりょうばっこ》し、無法地帯と化していた。

第一章　胸騒ぎ

一

翳《かげ》りゆく晩夏の日が、道場の窓から見える山の向こうに消えそうになっている。それでも蟬《せみ》の声はかしましい。

その小さな道場に突如《とつじょ》あらわれたのは、七人の男たちだった。見た目は侍ではあるが、どう見ても浪人崩れ、あるいは侍を気取った博徒《ばくと》としか思えない。

「立ち合いを所望《しよもう》されたいと……」

道場主の門脇鉄三郎《かどわきてつさぶろう》は、玄関そばの下座《しもざ》に控えた七人の男たちをにらむように眺める。

「いかにも」

答えるのは不動《ふどう》の仁五郎《じんごろう》という男だった。総髪で背が高く、飢《う》えた狼《おおかみ》のように炯々《けいけい》とした目をしている。鼻梁《びりょう》が高く、右目の脇に小豆大《あずきだい》の黒子《ほくろ》。厚い唇。

「さりながら、そのほうらは剣術家には見えぬが、わたしに勝負を挑むのは何故《なにゆえ》のことであろうか？」

「この道場を、そっくりもらい受けたいからだ」

鉄三郎はヒクッとこめかみの皮膚を動かし、口の端《はし》に笑みを浮かべた。

「道場をもらい受けたいと。それはまた慮外《りょがい》な……」

ふふふと、思わず笑いが漏れたが、肚《はら》のなかには静かな怒りの炎が立っていた。

「わたしのことを知ったうえで、さようなことを申しているのか」

「千人同心組頭《せんにんどうしんくみがしら》、この道場には門脇殿の配下の同心が二十余名おり、指南を受けている。村の百姓や町人の門弟もあり、その数二十余名。八王子《はちおうじ》では五本の指に入る道場の主。そう聞いている。門脇殿は八王子にあっては名の知れた剣術家だ。是非《ぜひ》にも手合わせ願いたい」

「相手はそなたか？」

「いや」

仁五郎は隣に座る男を見た。その男だけは侍らしい佇《たたず》まいだ。目鼻立ちが整っている。仁五郎や他の男たちとちがい、剣呑《けんのん》さがない。その男が名乗った。

「小野寺勘助《おのでらかんすけ》と申します。甲源一刀流《こうげんいっとうりゅう》を嗜《たしな》んでいる者です」

「甲源一刀流であるか。ふむ」

八王子千人同心は武芸に励む者が多い。流派は甲源一刀流、柳生心眼流《やぎゅうしんがんりゅう》、泰《たい》平真鏡流《へいしんきょうりゅう》、そして鉄三郎の修める小野派一刀流《おのはいっとうりゅう》のいずれかであった。

「立ち合ってもらえるのか、それとも断るのか？」

仁五郎が怒気を含んだ顔を向けてくる。もう間もなく日が暮れる。道場内はうす暗くなっている。

「どうしてもやりたいと申すなら、一番だけ付き合おう」

鉄三郎はそういうなり、すっくと立ちあがった。すぐに小野寺勘助も立った。着流しの裾《すそ》を端折《はしょ》り、襷《たすき》をかける。

鉄三郎も袴《はかま》の股立《ももだ》ちを取って襷をかけると、壁の刀掛けから二本の木刀《ぼくとう》をつかみ取り、一本を勘助にわたした。

「勝負は一番だ。終わったらおとなしく帰ってもらう。よいな」

鉄三郎は勘助がうなずいたのを見て、仁五郎に目をやった。仁五郎は口の端に不遜《ふそん》な笑みを浮かべ、よいだろうという顔で顎《あご》を引いた。

「では。いざッ」

鉄三郎はさっと木刀を青眼《せいがん》に構えた。

遅れて勘助がすうっと木刀を構える。やはり青眼。この頃は防具はあまり普及しておらず、道場での試合や稽古《けいこ》はもっぱら木刀であった。稽古も試合も寸止めが約束である。

床にうすい二つの影が映っている。その影が徐々に間合いを縮めた。間合い六尺で、勘助が打ち込んで仕掛けた。カンカンカンと木刀の甲高《かんだか》い音が道場内にひびく。勘助の攻撃を、鉄三郎はことごとく受けてかわしたのだ。

両者はさっと飛びしさり、また青眼の構えに戻り、再び間合いを詰めはじめた。

（こやつ、できるな）

鉄三郎は勘助の剣がなまなかではないと悟った。奥歯を嚙《か》み、臍下《せいか》に力を入れ、悟られぬように息を吐く。勘助が仕掛けてきた。突きである。その瞬間、鉄三郎は小手を狙って打ち込んだ。

（あッ……）

内心で驚きの声を漏らしたのは、勘助の姿が目の前から消えたからだ。直後、左腕に衝撃。打たれたのだ。厳しい打突《だとつ》である。

鉄三郎はたまらず片膝《かたひざ》をつき、木刀を手から落とした。

「勝負ありですな」

勘助が静かにいって、木刀を納めて下がった。鉄三郎は腕の痛みを堪《こら》えながら、勘助をにらんだ。

「寸止めが定法《じょうほう》……汚いぞ！」

鉄三郎は罵《ののし》った。

「負けは負けだ。そうであろう」

仁五郎が立ちあがって近づいてきた。鉄三郎は腕の痛みが激しく、片膝をついたままだ。骨が折れたかもしれないと思った。

「門脇道場の師範も、さほどの腕ではなかったというわけだ。負け惜しみは三途《さんず》の川の向こうですることだ」

そばに来た仁五郎が、鉄三郎の落とした木刀を拾いあげた。

「約束どおり、この道場はもらい受ける」

「き、きさまら……」

腹の底からくぐもった声を漏らしたとき、仁五郎が木刀を振りあげた。鉄三郎が打たれると危機を感じるやいなや、木刀が振り下ろされた。鉄三郎は逃げる暇もなかった。脳天に木刀をたたきつけられた瞬間、心ならずも悲鳴を発したが、一瞬にして意識が途切れた。

暗い道場の床に、まるで生き物のように血が広がっていった。

小野寺勘助は息絶えた門脇鉄三郎を呆然《ぼうぜん》とした顔で見下ろしていた。唇を嚙み、ふるえそうになる手をにぎり締め、仁五郎と他の仲間を見た。誰も勘助に気を配っている者はいなかった。

「母屋《おもや》だ。行くぞ」

仁五郎は仲間をうながし、腰の刀を抜いて道場を出て行った。他の仲間もあとにつづく。その足音が遠ざかり、母屋の戸の開く音がした。直後、女の悲鳴が聞こえてきた。

道場に立つ勘助は天井《てんじょう》を仰ぎ見るように顔をあげ、目をつむった。またもや断末魔《だんまつま》の悲鳴が母屋から聞こえてきた。

二

八雲兼四郎《やくもけんしろう》はいつものように酒を仕入れて店に入ったところだった。

客間となっている土間席に腰を下ろし、ふうと息をつく。なにか気の利いた肴《さかな》を作ろうと考えてあちこちの店をのぞいて回ったが、結局はなにも買わずじまいだった。

兼四郎は胸元を広げ、団扇《うちわ》をあおいで風を送る。厳しい夏の暑さは和《やわ》らいだが、それでも体を動かせば汗が出る。

表を見ると、木槿《むくげ》の紅白の花が咲いていた。少し前までは朝顔がほころんでいたが、いつしか枯れて咲かなくなった。

汗が引いたところで、板場に入り、開店の支度《したく》にかかる。支度といってもさほどやることはない。料理はほとんど作らないし、壁の品書きにも、

「めし　干物　酒」としか書かれていない。

もっとも近頃は焼き魚や刺身、あるいは煮物なども作るが、気が向いたときだけだ。なにしろ店の間口は一間で、八人も客が入れば満席だ。

とにかく飯だけを炊《た》いて、表の床几《しょうぎ》に腰を下ろした。右隣は油屋、左隣は

八百屋《やおや》である。油屋のおかみが、涼しくなりましたねと声をかけてくれば、「そうだな」と言葉を返す。

八百屋の親爺《おやじ》が景気はどうだいと声をかけてくれば、「いつもと変わらないよ」と返事をする。

「どこも同じだね。まあ焦らずやるしかないだろう」

八百屋の親爺はそういって店の片付けをはじめた。日が暮れれば店を閉めるのが常だが、今日は少し早いようだ。

兼四郎の店の名は「いろは屋」である。贔屓《ひいき》の客は兼四郎のことを「大将」と呼ぶようになっている。本来は侍だが、店ではないしょにしている。ゆえに、客と話すときは町人言葉だ。それも板についてきた。

「さて、ぼちぼちやるか」

吸っていた煙管《きせる》を床几の縁にぶつけて立ちあがると、店に戻り前垂《まえだ》れをつけ、襷をかけ、暖簾《のれん》を出した。

「大将」

背後からふいに声がかかった。

振り返ると、下駄音《げたおと》をさせながら寿々《すず》が近づいてきた。

「今日はいつもより早いんじゃねえか」

「相談があるのよ」

寿々は四十年増だが色香を漂わせている。いつも兼四郎に秋波《しゅうは》を送ってくるが、今日は妙に真面目《まじめ》くさった顔をしている。

「相談ってなんだい？　ま、立ち話もなんだ、入ってくれ」

兼四郎は暖簾を掛けて店のなかに入った。寿々は床几に腰を下ろして、大きなため息をつく。普段ならすぐ酒をくれとか、今日はおいしいものはないかと聞いてくるが、なにも注文せずに思い悩んだ顔をしている。

「飲むのかい？　なんだか様子がおかしいぜ」

「だから、相談があるのよ。でも、大将にこんなことといってもねェ……。とりあえずお酒頂戴《ちょうだい》な。つけなくていいから」

「あいよ」

兼四郎は板場に入ってぐい呑みに一合の酒をつぎ、寿々のもとに運んでいった。寿々はぐい呑みに口をつけ、何やら躊躇《ためら》っている。

「いったいどうしたってんだい？　いつものお寿々さんらしくねえぜ。何か話したいことがあるんだろ。何だい？」

兼四郎が隣に座ると、寿々がすがるような目を向けてくる。

「こんなこと大将にいっても、何も片づかないかもしれない。でもね、困っているの。ここだけの話だから、他の客にいったりしちゃだめよ」

「ああ。だから何だい？　おれで役に立つようなことかい？」

「役に立つかどうかはわからないけど、うちの店が乗っ取られそうなの」

兼四郎はまばたきをした。寿々が店をやっているのはうすうす知ってはいたが、果たしてどんな店なのかまでは聞いていない。

「店って……どんな商売やってるんだい？」

「料理屋よ。四谷塩町《よつやしおちょう》にあるの」

「へえ、そうだったのか。で、乗っ取られるって誰にだい？」

寿々はわからないと首を振ったが、すぐに言葉をついだ。

「話を持ちかけてきたのは、日本橋《にほんばし》で菊屋《きくや》という薬種問屋《やくしゅどんや》をやっている菊本甚兵衛《きくもとじんべえ》という人なんだけれど、その後ろにどうもお役人がついているみたいなのよ」

「役人というのは幕府の人ってことかい？」

「多分」

「何だかうまく呑み込めねえな。その薬種問屋は何といってんだ？」

「店を明けわたしてくれたら、百両の立《た》ち退《の》き料を払うと。冗談じゃないわ。たった百両で店をわたせるもんですか。だからはっきり断ったわよ。ところが、相手はしぶとく掛け合いに来るの。もう一度、絶対に首を縦に振るつもりはないといったのよ。それであきらめてくれると思ったら、今度は脅してきたの」

「脅しに……」

「強情を張っていると、思いがけない災難が降りかかってくると。こっちはこれだけの誠意を見せているのだ。それに応えてくれなければ、どうなるかわからない。店が燃えたら困るだろう。奉公人が怪我《けが》をしたり、泥棒に入られたりしたらどうする。もっとも自分はそんな怖ろしいことはしないが、いい加減折れてくれないと、何が起きるかわからないと、不吉なことを口にして帰っていったのよ。それが二月《ふたつき》前。ところが、先日うちの若い奉公人が、店の帰りに辻斬《つじぎ》りにあって大怪我をしたと思ったら、それから幾日とたたずに別の奉公人が土左衛門《どざえもん》であがったの」

「土左衛門……どこで？」

「柏木《かしわぎ》村《むら》を流れる神田上水《かんだじょうすい》で。その奉公人が行くようなところじゃないのよ。それに身投げしたなんて考えられない。前の日はいつものように朗《ほが》らかに笑っていたんだから」

「甚兵衛という薬種問屋はその後、話しに来たのかい？」

「あれから二月ほど姿を見せなかったから、ただの脅しだと思っていたのよ。奉公人が死んだり、怪我をしたのはたまたまだと。ところが昨夜《ゆうべ》、店を閉める前に来たのよ」

寿々はこわばった顔を兼四郎に向け、

「店を明けわたしてくれないかと、またその話よ」

といって、詳しいことを話した。


「女将《おかみ》さん、菊屋の旦那さんが見えましたが……」

それは閉店間際のことだった。奥の間で帳簿《ちょうぼ》を眺めていた寿々は、告げに来た女中を見て内心で舌打ちした。

「大事なお話があるとおっしゃっていますけれど、どういたしましょう？」

寿々はひとつため息をついた。居留守を使っても、おそらく菊屋甚兵衛はまた来るだろう。しつこい禿《は》げ親爺めと内心で悪態をついて、

「空いている小座敷に通して。それとももう、どこかの客間にいるのかい？」

と、女中に視線を戻した。

「いえ、たったいま見えたばかりです」

「梅の間に案内して。すぐ行くから。あ、お茶は出さなくていいから」

寿々は帳簿を片づけ、ぬるくなった茶を飲みほしてから梅の間に向かった。

薬種問屋菊屋は日本橋通三丁目にあった。そのことを寿々はひそかに調べていた。主《あるじ》はたしかに菊本甚兵衛だった。裸一貫で薬屋から間口五間の薬種問屋の主にまで成りあがった苦労人である。人柄まではわからないが、寿々にとっては煙たい男だ。

「お忙しいところ、お邪魔して申しわけありません」

寿々が客間に入ると、甚兵衛は丁寧《ていねい》に頭を下げた。この辺は商売人らしい。

「それで、今夜は何のお話でしょうか」

「何度も申しわけないのですが、やはりこの店を譲っていただけないかという相談です」

「そのことは断ったはずです」

寿々はぴしゃりといって、柔和な笑みを浮かべている甚兵衛をにらむように見た。

「たしかに断られてばかりですが、そこは相談ということで、あと百両足しますので考えていただけないでしょうか。このあたりの相場は百両がせいぜい。悪い話ではないはずです」

「菊屋さん、何度も同じことをおっしゃらないでくださいまし。わたしは売らないといったら売らないのです。それに相場が百両とおっしゃいますが、それは地代ではありませんか。地面の上には建物があるんです。安く見られては困ります」

「沽券《こけん》はたしかにそうでございますね」

甚兵衛は帯から扇子《せんす》を抜いて開き、ゆっくりあおいだ。何やら思案顔で黙り込む。寿々も黙り込んで甚兵衛をにらみ、早く帰ってくれと祈るように思い、どうやったらうまく追い返せるだろうかと考えもする。

甚兵衛が口にした「沽券」とは、土地や屋敷の売買証文、いわゆる権利書である。土地屋敷の売買にあたっては、この沽券が作成され、古いものは破棄《はき》される。

「では、もう百両足しましょう」

甚兵衛はあおいでいた扇子を止めて、思いきったことを口にした。寿々はわずかに眉を動かした。

「都合三百両なら、扇屋《おうぎや》さんも損はないでしょう。新たな土地を見つけて、そこに店を出すこともできます。日本橋、浅草《あさくさ》、神田……好きな場所を選べます」

甚兵衛は掛け合いに勝算を得たという笑みを口許《くちもと》に浮かべた。だが、寿々はキッと目を厳しくして言葉を返した。

「いくらお金を積まれても、この店を売ろうとは思いません。立ち退く気などさらさらないのです。三百両を用立てることができるなら、菊屋さんがどこかにそれ相応の店を出せばすむことではありませんか。端《はな》からお断りしているのに、どうしてこうもしつこくされるのです。まったく気が知れませんわ。とにかく、何度ご足労いただいても、首を縦には振れません」

甚兵衛の顔から笑みが消え、小さな目に針のような光が浮かんだ。

「強情ですな」

「…………」

「そう意地を張られると、不幸が重なりますよ」

「どういう意味でしょう？」

寿々は甚兵衛をまっすぐ見る。

「耳にいたしましたが、この店に不幸があったらしいですな」

寿々は眉宇《びう》をひそめた。

「祟《たた》られますよ」

甚兵衛の重ねた言葉を受けた寿々は、背中に冷や水をかけられたような気がした。

「何が祟るとおっしゃるんです。気色《きしょく》の悪いことをいわないでくださいまし」

「いえいえ、ほんとうのことです。強情を張りつづければ、何が起こるかわからないということです。わたしの……」

甚兵衛は言葉を切った。

「何でございましょう？」

「こうまで話し合いがうまくいかないとなれば、もっと大きな力が動くことになるかもしれないということです。下手《へた》をすれば取りつぶしになるかもしれない。いいえ、その前に女将さんの身によくないことが起きるやもしれません。これは親切な忠告です」

甚兵衛は含みを持たせたことを口にした。寿々は苛立《いらだ》ち腹を立てているが、努めて冷静になろうと自分を戒《いまし》め、甚兵衛を見すえる。

「大きな力が動くとはどういうことです？」

「ま、正直なことを申しますが、この店をほしがっているのはわたしではなく、お上《かみ》に近い方なのです。わたしは代役を務めているに過ぎません」

「お上に近い方……」

寿々はまばたきをした。

「口が滑りましたが、いった手前、引っ込みはつきません。とにかくお気をつけくださいませ。どうやらこの役はわたしでは務まらないようです。夜分にお忙しいところ、お手間を頂戴いたしました。これで失礼いたします」

甚兵衛はそのまま立ちあがって出ていった。

寿々はしばらく呆然と座っていたが、我に返ると女中を呼んだ。

「塩を撒《ま》いておくれ。これでもかってぐらい沢山《たくさん》撒きなさい」

寿々は興奮気味に指図《さしず》した。

三

「すると、菊屋の後ろには公儀役人がついている。そしてその役人がお寿々さんの店をほしがっているということか」

大まかな話を聞いた兼四郎は腕を組んだ。

「早い話、そういうことになるんだけど……」

寿々はか細い声でいって、しゅんとうなだれる。普段とちがい、本当に弱り切っている。

「菊屋がいったお上に近い人というのは、おそらく幕府の重臣なんだろうが、いったい誰なのかわからねえのか？」

「そんなのわかりっこないわよ」

兼四郎はふむとうなずいて、壁の一点を凝視《ぎょうし》する。

「菊屋は店が燃えたり、奉公人が怪我をしたり、泥棒に入られたりするかもしれないと脅したんだな」

「ま、そんなことをいったわ」

「それで、お寿々さんの店の奉公人が辻斬りにあって怪我をした」

兼四郎は寿々を見る。

「さいわい腕を斬りつけられただけで、傷は治ったからいいけど……うちの大事な板前なのよ」

「土左衛門であがった奉公人もいたといったな」

「やはり板前よ。信吉《しんきち》という子なんだけど、焼方《やきかた》と立鍋《たてなべ》をする大事な職人だったのに。それに、柏木村は信吉の家から遠いし、そんなところに行く子ではないのよ」

焼方と立鍋はある意味、板前の序列である。一流の料理屋では、雑用の追廻《おいまわし》からはじまり、順に下洗方《しもあらいかた》・上洗方《かみあらいかた》・焼方・立鍋・脇板《わきいた》・本板《ほんいた》と上がっていく。

「調べは?」

「町方が調べはしたけど、身投げで片づけられたわ。見た人もいないし……。でも、人に恨まれるような子でもなければ、身投げするような子でもなかったのよ。さっきもいったように、前の日だってあかるく笑って冗談をいっていたくらいだから」

「そうか……。それで菊屋はお寿々さんの身にもよくないことが起きるかもしれねえといったんだな」

「いったわ。店がつぶされるかもしれないとも……。ねえ大将、どうしたらいいかしら」

寿々は真剣な顔を向けてくる。

「さあ、どうすりゃいいかな。だが、ちょいと考えがある」

「どんな考え」

「相談に乗ってくれそうな人がいるから、おれから話してみよう」

「頼りになる人？」

「おそらく。もうひとつ聞くが、辻斬りにあった板前は、相手の顔を見ていないのか？」

「何にもわからないのよ。突然のことで、それも暗闇でのことだったらしいから、泣き寝入りよ。悔しいったらありゃしないけど」

寿々は我がことのように悔しがり、袖をつまんで嚙んだ。

「お寿々さん、このこと他の客にはいわねえが、あんたの店のことを詳しく教えてくれないか？」

寿々がきょとんとした顔を向けてきたので、兼四郎は言葉を足した。

「おれも人に相談するんだ。お寿々さんの店をよく知らねえで話はできねえだろう」

「ま、そうだね。でも、その人いったい誰なの？」

「誰だと打ち明けるわけにはいかねえが、多分力になってくれるはずだ」

寿々は短く考えてから、わかったといった。

「それじゃ、これから行こうか。なに、見て戻ってくるだけだ。それに他に聞きたいこともある。歩きながらでも話はできるだろう」

「よくわからないけど、こうなったら大将が頼りよ。その人、信用がおけるのね」

「大丈夫だ。おれが請け合う」

「だったら行きましょうか」

寿々は重そうに腰をあげた。

他の客が来るまでにはまだ間があるし、多少店を開けるのが遅くても商売に影響はない。それよりも兼四郎は寿々のことが気になっている。

「店の名は扇屋というんだな」

兼四郎は表通りに出てから聞いた。並んで歩くと、寿々は意外と背が低いことに気づいた。横幅があるし、貫禄《かんろく》があるから大きく見えていたのだろう。

「そうよ。わたしには畳職人の亭主がいたの。普段はおとなしくて真面目な人だったけど、酒を飲むと人が変わって誰彼となく喧嘩《けんか》を売っては大騒ぎ。ずいぶん苦労したわよ。だけど、いっしょになって一年ほどで死んじまった」

「病《やまい》か何かだったのかい？」

「そうじゃないわ。酒の上での喧嘩で殺されちまったのよ。相手はすぐに捕まって、調べのあとで島流しになったわ。亭主は殺され損だけど、酒癖の悪さが祟ったんだから、どうしようもないわ。……それから料理屋の仲居になって、しゃかりきにはたらいたわ。そりゃ人の二倍も三倍も。そうやって小金を溜めて小さな料理屋を開いたのが二十八のときよ。苦労の甲斐《かい》があって商売はうまくいき、木挽町《こびきちょう》に少し大きな店を出した。その店もうまくいったのね。それで五年ほど前に、四谷にいい店があったから移ってきたの。それがいまの店」

二人は麴町《こうじまち》の通りを四谷に向かって歩く。

夕靄《ゆうもや》の漂《ただよ》う道を仕事帰りの職人や、麴町界隈《かいわい》に住む侍たちが先を急ぐように歩いているかと思えば、茶屋の床几でのんびり休んでいる老人の姿もある。

蜩《ひぐらし》の声が町屋の奥から聞こえていた。

「すると、裸一貫から出世したってわけか」

「出世といえるかどうかわからないけれど、苦労は絶えなかったわよ。だけどやっと自分の城が持てたような気分だったわ。残念なのは子がなかったことね。嫁入りも考えたけど、前の亭主のことを考えると、どうしてもその気になれなくてね。三十三のときに、養子をもらったのよ。お琴《こと》というんだけど、いまはその子に店を仕切らせているの」

「それじゃ、お寿々さんは？」

「わたしは店の奥に引っ込んで様子を見ているだけ。下手に口を挟むと、お琴のためにならないから」

「ならば、大女将ってわけだ」

「……そうね。お琴にもそろそろ、いい人を見つけなきゃならないけど……」

「いくつなんだい？」

「二十四よ。いずれあの子が継ぐことになるんだから、店を売るなんて考えたこともない。お琴もいまの店を守っていくといってくれているし……」

二人は麴町六丁目、七丁目と通り過ぎていく。

「そこがそうよ」

寿々が立ち止まって示したのは、四谷塩町一丁目の角にある料理屋だった。看板に扇屋の文字が流麗《りゅうれい》に走っている。店の前には打ち水がされ、店は竹垣《たけがき》をめぐらしてあった。二階にはまだ風鈴《ふうりん》が吊るされていて、風に揺れながらちりんちりんと音を立てていた。

間口は四間半ほど、奥行きは二十間あるかないかだろうが、大きな料理屋だ。

（この店が、お寿々さんの……）

兼四郎はあらためて扇屋の佇まいを眺めた。

立派な料理屋だ。何度も店の前を通っているが、入ったことはなかったし、まさか寿々の店だとは思いもしなかった。

女中が七人、板前が四人、番頭がひとりいると寿々は教えた。

「大将、店に寄っていく？」

寿々が聞いてきた。

「いや、場所がわかっただけでいい。しかし、この店をお寿々さんがやっていたとは……」

兼四郎は驚いていた。

「大将の店の客にはないしょよ。あそこはわたしの隠れ家だし、一番落ち着けるところだから、あまり騒がれたくないの」

「わかるよ」

兼四郎はそう答えてから、もう一度扇屋を眺めた。門から店の戸口まで、飛石伝《づた》いの短い通路がある。その通路の両脇に楓《かえで》や竹が植えられていて、小さな行灯《あんどん》がいくつか置かれていた。

「お寿々さん、とにかく相談してみるよ。役に立てるかどうかわからねえが、きっと力になってくれるはずだから」

「どこのどなたかわからないけれど、よろしくお願いいたします」

寿々はそういって丁寧に頭を下げた。

四

その夜、「いろは屋」は普段と変わらずにぎやかだった。

ぎょろ目の大工、松太郎《まつたろう》が仕事が減ったことを嘆けば、畳職人の元助《げんすけ》はうるさい女房の愚痴《ぐち》をこぼす。紙売りの順次《じゅんじ》は、町で聞いた嘘かほんとうかわからない噂話に花を咲かせ、みんなはそれぞれに感想をいったり、貶《けな》したり、励ましたりで忙しい。

兼四郎はそんな常連客に適当に相槌《あいづち》を打ったり、話をあわせて微笑《ほほえ》んだりした。しかし、その間も寿々から聞いたことが頭から離れない。

寿々の苦労話を聞かされたこともあるが、やはり大事な客のひとりである。それに相談を受けた手前、放ってはおけない。

まず調べなければならないのは、薬種問屋菊屋の主、甚兵衛のことだ。背後には幕府重臣がいるようなことを、寿々に臭《にお》わせているが、果たしてほんとうかどうかわからない。

兼四郎はまずは薬種問屋、菊屋が存在するのかどうかをたしかめるべきだと考えた。

足を運んだのは翌朝のことである。

空は高く晴れ、秋めいた風が吹いていた。いつもより早起きをした兼四郎は、菊屋をたしかめるついでに日本橋の魚河岸《うおがし》に寄って、久しぶりに魚を仕入れようと思った。

菊屋は日本橋通三丁目にたしかにあった。間口五間の立派な店構えである。すでに大戸は開き、暖簾が掛けられていた。暖簾越しに使用人の姿も見られたが、甚兵衛という主をたしかめることはできなかった。

甚兵衛のことは後まわしにして、先に魚河岸に行き、その朝漁師たちが持ち込んだ新鮮な魚を物色したが、兼四郎は魚をおろすのが得意ではない。滅多《めった》にないが、店で刺身を出すときには、魚屋にさばいてもらっている。

結局仕入れたのは干物である。鯵《あじ》にカマスに鯛《たい》。干物は日持ちするので、少し多めに買い求めた。河岸には早朝の喧噪《けんそう》はなかった。主に近所の住人たちが魚屋に、もう少し負けろなどと掛け合っていた。

日に千両は落ちるという魚河岸だが、昼四つ（午前十時）も過ぎればのんびりした空気が漂っているだけだ。

兼四郎は魚河岸で用をすませると、もう一度菊屋に向かった。しばらく店のそばにある茶屋で休み、茶を運んできた娘に菊屋のことをそれとなく訊ねた。

「旦那さんはいい人ですよ。大店《おおだな》なのに腰が低くて、ご挨拶《あいさつ》も丁寧です」

「苦労人らしいから、人品《じんぴん》がよいのだろう」

「あら、お客さんは旦那さんをご存じなの？」

茶屋の娘は目を大きくみはって聞く。

「いや、そういう噂を聞いたんだ。おれも菊屋の旦那みたいに立派な人になりてえと思ってな」

「お客さんもご商売をなさっているのね。仕入れですか？」

娘は兼四郎が足許《あしもと》に置いている籠《かご》を見た。

「小さな飯屋をやっている。しがない商売だ。で、その甚兵衛の旦那はどの人だい？」

兼四郎は床几に腰掛けたまま、通りの反対側にある菊屋に目を向ける。客の出入りがあるたびに、暖簾がめくられ店の様子を窺《うかが》うことができた。

茶屋の娘は少し伸びあがるようにして菊屋を見て、

「帳場にいらっしゃるんじゃないかしら……」

と、自信なさげにつぶやく。

「見てきてくれねえか？　旦那がいるんだったら薬を買うついでに顔を拝んで帰ろうと思うんだ。菊屋さんの運を少しはもらえるかもしれねえからな」

兼四郎は冗談ぽくいって娘を見た。娘はちょっと待ってくれといって、菊屋のそばまで行き、すぐに戻ってきた。

「いらっしゃるわ。頭が禿げていて、髷《まげ》の小さい人です。年は五十ぐらいだからすぐにわかりますよ」

「そうかい。ありがとうよ」

兼四郎は茶代といっしょに心付けを娘にわたすと、菊屋の暖簾をめくって店に入った。立派な薬簞笥《くすりだんす》があり、土間には薬の入った木箱がいくつも積んであった。帳場も広く、こちらもやはり薬簞笥が壁に沿って置かれていた。

手代らしき男がすぐにやってきて、ご用は何でしょうかと聞く。兼四郎は腹薬と風邪薬をもらえないかと答えた。

「ここは大きな問屋だが、小売りもしているそうだな」

「へえ、おっしゃるとおりでございます。では、いくつか見繕《みつくろ》いますので、お決めください」

躾《しつけ》ができているのか、手代の応対は気持ちがよい。

帳場の横で取引をしている商売人が二人いて、番頭と話し込んでいた。甚兵衛という主のことはすぐにわかった。

帳場に座り、先ほどから算盤《そろばん》を弾き、帳簿とにらめっこをしている。たしかに大きく禿げあがっていて、小さな髷をちょこなんと結《ゆ》っている。色白で血色もよく、柔和な顔をしている。とても悪人には見えない。

（こやつが甚兵衛か）

兼四郎が何気なく観察していると、先ほどの手代が幾種類かの腹薬と風邪薬を持ってきた。どれが効くのだと訊ねて、勧められるまま買い求めて店を出た。

（あの男が寿々の店を……）

兼四郎は店に帰りながら、先刻見たばかりの甚兵衛の顔を脳裏《のうり》に思い浮かべた。脅しめいたことを口にする商売人には見えなかった。だが、人は見かけだけではわからない。

背後に幕府重臣がいるというのは嘘で、そのじつ寿々の店を買い求めて商売を大きくしたい肚なのかもしれない。甚兵衛が野心家ならそう考えてもおかしくはない。

（とにかく、もう少し調べてみるか）

兼四郎は胸の内でつぶやき、のんびりと帰路についた。

偶然、岩城升屋《いわきますや》の主、九右衛門《きゅうえもん》に会ったのは、自分の店がある麴町隼町《はやぶさちょう》に入ったときだった。

「これは、八雲様……」

先に九右衛門が声をかけてきた。

「こんなところで会うとは奇遇であるな」

兼四郎は侍言葉で応じる。

「へえ、ちょいと近所に野暮用《やぼよう》がありましてね。いい陽気になりましたね。仕入れですか？」

九右衛門は兼四郎が提《さ》げている籠を見て聞いてきた。

「ちと魚河岸まで行ってきたのだ」

「それはご苦労様です。お茶などいかがでしょう。それともお急ぎですか？」

「いや、急いではおらぬ」

五

茶に誘った九右衛門だったが、もう昼が近いので早飯にしようといって麹町二丁目にある丹波屋《たんばや》という鰻屋《うなぎや》に兼四郎を連れて行った。

丹波屋は麹町では有名な店で、番町《ばんちょう》界隈に住む大名や旗本たちから贔屓にされており、店の造りも凝《こ》っていて、小座敷もある。

鰻の蒲焼《かばや》きが届くまで、九右衛門は他愛もない世間話をした。九右衛門はうすい眉《まゆ》に、ゆで卵のようにつるんとした顔をしているが、商売人としては脂《あぶら》の乗った男盛りだ。

それに情に厚く、奉公人らを大切にし、悪を憎んでいる。

一度店が賊に入られたことがあり、七人の奉公人が殺され、八百両という大金を盗まれたせいかもしれないが、生来が仏心《ほとけごころ》を持った人格者なのだ。

岩城升屋は俗に「升屋」と略して呼ばれるが、間口三十六間の店には十一棟の蔵があり、番頭以下の奉公人を五百人ほど抱えている。店は麹町五丁目にあるが、その町の大半が升屋の土地である。

じつは兼四郎はこの升屋に、裏の仕事を頼まれることがある。九右衛門は町奉行所の支配の及ばぬ地で跳梁跋扈《ちょうりょうばっこ》する悪党の存在を知ると、ひそかに兼四郎に成敗《せいばい》するように頼むのだ。

報酬《ほうしゅう》は一件につき二十両。たとえひと月かかろうが二日で片づこうが同じである。

あまり儲《もう》けのない飯屋をやっていられるのも、裏の仕事のおかげである。

「そういえば、八王子のことは聞いておられますか？」

鰻が届き、箸《はし》を動かしながら九右衛門が唐突《とうとつ》に話を変えた。

「八王子……何かあったのか？」

兼四郎は箸を止めて九右衛門を見る。

「なんでも、八王子に新手《あらて》の道場破りが出たという話です」

八王子には切っても切れない仲の倉持春之助《くらもちはるのすけ》がいる。しかも春之助は道場を開いている。

「いったいどういうことだ？」

兼四郎は気が気でなくなった。

「詳しいことはわかりませんが、ただの道場破りではないようです。試合を申し込み、勝てば道場主とその身内を殺し、有り金を奪い去っているとか……いえ、わたしもしっかり聞いてはいないのですが、そんな話でした」

「それは一軒だけだろうか？」

「いいえ、いくつもの道場が破られていると聞きました」

兼四郎は鰻どころではなくなった。

「誰から聞いたのだ？」

「年に何度か甲州《こうしゅう》から和糸問屋《わいとどんや》がやってくるんですが、その者からです。何か心あたりがおありでも……」

顔色を変えた兼四郎に九右衛門は真顔になった。

「その和糸問屋はいまどこに？」

「もう帰りました」

兼四郎は気分を落ち着けるために茶を一口飲んだ。

「問屋の者は、八王子の道場がいくつも害を蒙《こうむ》っているといったのだな」

「それらしきことを話しました」

「ふむ」

兼四郎は庭に目を向けた。

　二人がいるのは静かな小座敷で、開け放された障子の向こうに庭があった。木槿の花が風にふるえるように動いている。

「知り合いが八王子で道場を開いているのだ。まさかとは思うが」

「まことに……」

　九右衛門は驚いた顔をした。

「升屋、すまぬがもっと詳しいことがわからぬか。もし、知り合いの道場がひどい目にあっているなら、じっとしてはおれぬ」

「さようなことでしたら、さぞやご心配でしょう。わかりました。店には八王子のほうからやってくる仲買《なかがい》や卸《おろし》がいますので、早速聞いておきましょう」

　九右衛門に鰻を馳走《ちそう》してもらったのはいいが、予期せぬ話を聞かされ、兼四郎の胸はざわついていた。

　店に入っても、どうにも落ち着かず、床几に座ったり立ったりを繰り返した。そうこうしているうちに日がようようと暮れていった。

　寿々から相談を受けた件もあるが、八王子の道場破りのことが気になってしかたない。

じっとしていると倉持春之助の顔が脳裏にちらつく。

兼四郎と春之助は同じ長尾《ながお》道場《どうじょう》で競い合った仲である。また、道場主、長尾勘《かん》右衛《え》門《もん》の娘咲《さき》に兼四郎は思いを寄せていた。じつは咲も兼四郎を慕っていたのだが、気持ちに応えることはできなかった。

結果、咲は春之助と結ばれた。兼四郎は落胆《らくたん》し、嫉妬《しっと》もしたが、それはほんの短い間のことで、男らしく二人を祝福してやった。

だが、思いもよらぬ災難に見舞われた。

咲がひとり息子の小吉《こきち》を連れて江戸にやってきたことがあった。久しぶりに咲に会った兼四郎は、めずらしく舞いあがった。咲と小吉が江戸に滞在している間はこまめに面倒を見てやり、また小吉を可愛がりもした。

そして、咲と小吉が八王子に帰る際、久しぶりに春之助に会いたいので、送って行くと申し出た。咲は兼四郎がいっしょなら道中も心強いと受け入れ、春之助に是非とも会ってくれといった。

しかし、事件はその道中で起きた。

途中で水がなくなり、兼四郎が街道脇の谷に水を汲《く》みに行ったとき、不届きな賊があらわれ、咲と小吉を殺したのだ。

兼四郎は悔やんでも悔やみきれない思いで、咲と小吉の亡骸《なきがら》を春之助に届けたが、どんなに詫びても許してはもらえなかった。無論、春之助が許すとは、兼四郎も思っていなかった。

償《つぐな》おうにも償いきれない不覚を取ったことで、兼四郎は自分を責めに責めた。だからといって春之助との仲が戻るとも思わなかったし、もはや刀を捨てるべきだと決心し、小さな飯屋を開き、町屋の人間になったのだ。

だが、時の流れが春之助の気持ちを変えたらしく、兼四郎の思いを汲み取って許してくれた。それればかりか、いっしょに道場をやらないかと誘ってもくれた。

無論、丁重に断りはしたが、春之助には一生頭があがらないし、八王子方面には足を向けて寝られないという思いもある。

もし春之助の道場が不幸に見舞われているなら、すぐにでも駆けつけなければならない。

胸騒ぎは店を開けても治まらなかった。いつもの客が来ても、楽しそうな会話には入らず、上《うわ》の空で返事をするだけだった。

兼四郎は九右衛門の知らせを待ったが、その夜は何もなかった。明日にはわかるかもしれないと思うと落ち着かず、眠れぬ夜を過ごすことになった。

翌朝はいつもより早く目が覚めたので、いざという場合に備えて旅支度をし、井戸端へ行って顔を洗った。

「旦那」

声をかけられたのは、井戸端からの帰りだった。升屋に雇われている定次《さだじ》だった。兼四郎はハッと目をみはり、

「わかったのだな。ま、いい。話は家で聞く」

と、定次をいざなった。

六

「旦那からの言付《ことづ》けですが、八王子のことはまだわからないそうです。ただ、今日明日あたり、あちらから業者が来ることになっているので、そのときに何かわかるかもしれないということです」

兼四郎はため息をついた。今日明日では遅すぎる。

「うちの旦那から話は聞きました。もしや八王子にあらわれた道場破りに心あたりでもあるんですか?」

定次はまばたきをして見てくる。

「気になるのは襲われた道場のことだ。おれの無二の友が道場を開いている。もし、そやつの道場が襲われたのであれば、じっとはしておれぬ」

「そういうご事情でしたか」

「明日まで待っても何もわからなかったらことだ」

兼四郎は腰高障子《こしだかしょうじ》に張りついた一匹の蠅《はえ》を凝視した。蠅は手を洗うように前肢《まえあし》を動かしている。

「まさか、八王子に行くというのでは……」

定次は居間にある振分荷物《ふりわけ》と、編笠《あみがさ》に目を向け、それから兼四郎に顔を戻した。

「頼みがある」

兼四郎は定次を見た。

「おれの店にお寿々さんという贔屓の年増女がいる。四十半ばぐらいだろうが、四谷に扇屋という料理屋を持っている女だ。その店をほしがっている薬種問屋がいる。日本橋通三丁目にある菊屋という店だ。主の名は甚兵衛。だが、その甚兵衛の裏に幕府役人がいるかもしれぬ」

「そのお役人が何か？」

「お寿々の店を手に入れるために、甚兵衛を動かしているかもしれぬ」

兼四郎は寿々から聞いた事情をかいつまんで話した。

「それじゃ、菊屋の甚兵衛という主のことを調べなきゃなりませんね」

「おれはこれから八王子へ行く。そのこと頼まれてくれぬか」

「承知しました」

「官兵衛《かんべえ》にも手伝ってもらいたい」

「では、これから話しに行きましょう」

「やつの住まいは八王子へ行く途中だ。おれが話をするので、官兵衛と相談をしてうまくやってくれ」

「わかりました。とにかくうちの旦那にも、八王子のことは頼んでおきます」

定次はそのまま兼四郎の長屋を出て行った。定次は升屋に雇われている使用人だが、かつては北町奉行所隠密廻《おんみつまわ》り同心、由比又蔵《ゆいまたぞう》の小者を務めていた。由比が死んだあと、升屋に雇い入れられているが、普通の奉公人とちがって仕事は監視役だった。

店には古い着物を持ってきて新しいものとすり替えたり、店の者たちの目を盗んで反物《たんもの》を持ち去ったりする質《たち》の悪い客がいる。

そういう不逞《ふてい》の客に注意の目を向け、いざとなれば捕まえて弁償させるか折檻《せっかん》する。おとなしくて人懐《ひとなつ》こい顔をしているが、頼れる男なのだ。

九右衛門の依頼で兼四郎が動くときも、定次はよき相棒となってはたらく。

とにかく兼四郎は八王子に行くことにした。振分荷物に必要なものを詰め、着替えをすると長屋を出た。


その頃、橘《たちばな》官兵衛は内藤新宿下町《ないとうしんじゅくしもちょう》にある百合《ゆり》の長屋で寝そべっていた。だらしなく浴衣《ゆかた》を着たまま、団扇をあおぎながらときどき目の前を飛び交う蝿を追い払っていたが、むくりと半身を起こすと、台所で立ち仕事をしていた百合に声をかけた。

「おい、今日も仕事に行くのか？」

「頼まれているから、あとで行くわよ」

百合は背中を向けたまま答える。よく太っているが、はたらき者である。揉《も》み療治《りょうじ》をする女按摩師《おんなあんまし》で、商家の主や旗本をもっぱらの得意客としている。腕がいいのか、なかなか忙しそうにしている。

「今日も暇だ。芝居でも見に行かぬか。芝居でなく寄席《よせ》でも講釈場でもいいが

「……」

「芝居だったらもう遅いわよ。見に行くならもっと早くに行かなきゃ」

「そうだな」

芝居の開演時間は早天《そうてん》である。そして日暮れに終わる。現代のような照明がないので、舞台は外光を巧《たく》みに取り入れて上演される。

「それじゃ九段《くだん》か湯島《ゆしま》あたりへ行って月見でもやるか。日が暮れれば暇になるだろう」

「夕方には体が空くわ」

「よし、今夜は月でも拝みながら何かうまいものを食って一杯やろう」

官兵衛はそういったあとで、いつ出かけるのだと、百合に問うた。

「昼過ぎよ。客は三人だけだから、七つ（午後四時）前には帰ってくるわ」

百合は手拭《てぬぐ》いで手を拭きながら官兵衛のそばに来て、髷に櫛《くし》を入れはじめた。浴衣姿である。大きく開いた胸元に、白くて豊かな乳がのぞいている。むちむちした肌は白くてきれいだ。

胸乳《むなぢ》も大きいが尻も大きい。太っている官兵衛と釣り合いの取れた体つきだ。

「こっちに来な」

官兵衛はそういいながらも、自分で百合に近づいた。

「何よ」

「何だかこう、むずむずしてきたんだよ」

「もう、あんたは……」

百合は使っていた櫛を膝許《ひざもと》に置いて官兵衛に体を向けた。

「よいではないか。仕事に行くまでは暇だろう」

「支度があるわ」

官兵衛は百合の腕をつかんで引き寄せると、膝の上に乗せた。

「支度はあとでいい」

官兵衛はにたりと笑みを浮かべ、百合の浴衣を肩から滑らせた。

真っ白い肌が障子越しのあかりに浮かびあがる。目の前にはち切れんばかりの大きな乳房があらわれた。

官兵衛は乳房をやさしく揉み、そして口を寄せていった。百合の唇がうすく開き、小さな喜悦《きえつ》の声を漏らす。

「あんた」

「なんだい」

「ほんとに好きね」

「おまえだって……」

官兵衛は百合の太股《ふともも》に片手を滑らせる。世の中には必ず相性のいい女がいるというが、官兵衛にとって百合が、まさしくそうであった。

百合が両手を官兵衛の背中にまわしてきたときだった。戸口に声があった。

二人はハッと刻《とき》が止まったように体をくっつけたままじっと耳を澄ました。

「官兵衛、八雲だ。八雲兼四郎だ。いるのか」

「いけねえ。兄貴だ」

官兵衛は膝から百合をおろすと、急いで乱れた浴衣を整え、

「いま行くから待ってくれ」

と、声を返した。

百合も乱れた浴衣を直し、手につばをつけて髷を調《ととの》えた。

「取り込み中だったのではないか」

がらりと腰高障子が開けられ、官兵衛の顔がのぞくと、兼四郎はすぐにいった。奥に百合の顔があり、目が合うと、どうぞあがってくれという。

「そうしたいところだが、官兵衛を少し借りるぞ」

兼四郎は百合に答えて、

「表で話をしたい」

と、官兵衛を外に誘い出した。

「何かあったのかい？」

「うむ、気になることを耳にして、じっとしておれなくなったのだ」

兼四郎はそういってから、定次に話したのとほぼ同じことを伝えた。

「それじゃ、これから八王子へ」

「さようだ」

「ひとりで大丈夫か？」

「様子を見に行くだけだ。早ければ明後日《あさって》には戻ってこれよう」

「そうであることを祈っているよ。それで、おれと定次で甚兵衛という菊屋の主を探ればいいのだな」

「そういうことだ。もし、菊屋の裏に幕府役人がいるなら、その役人のことも調べてもらいたい」

「承知した。気をつけて行って来てくれ」

「うむ。ではしかと頼んだ」

兼四郎はそういうと、くるりと官兵衛に背を向けて表通りに出た。往還《おうかん》を辿《たど》り、追分《おいわけ》から甲州道中に入る。

江戸から八王子まで大雑把《おおざっぱ》だが十里ほどである。兼四郎の足だと、今日の夕刻には八王子に到着できるはずだった。

編笠をしっかり被り、顎紐《あごひも》を結び直した兼四郎は、くっと口を引き結んで足を急がせた。

第二章　ならず者

一

不動の仁五郎らは日野宿《ひのしゅく》から北東へ二里ほど行った小川村《おがわむら》（現・小平市《こだいらし》）で骨休めしていた。

日野宿で道場破りをしたが、さほどの〝儲け〟にありつけず、このまま甲州道中を江戸に向かっても思い通りにはいかないだろうという計算があった。

それに小野寺勘助の、

「江戸にまっすぐ向かうのは気が進まぬ。八王子と日野での所業《しょぎょう》は褒められるものではない。お上が動くのは目に見えている」

との言葉が利いた。

「どういうことだ」

仁五郎はぎらつく目をみはった。

「いうまでもないことだが、何人殺したと思っている。殺しだけではない。盗みもやった。女も手込めにしている。八王子も日野も田舎《いなか》だし、取締りの手もゆるい。だが、八王子は千人同心という役人の町だ。うまく切り抜けてきたのはいいが、このまま安穏《あんのん》としておれば、きっと痛い仕打ちを受けるだろう」

「だったらどうしろというんだ」

仁五郎は炯々とした目を光らせ、勘助を見据《みす》えた。

「甲州道中を使って江戸に向かうのはまずい。街道を離れ、しばらくほとぼりが冷めるのを待つのが賢明であろう」

仁五郎はしばらく黙り込んで考え、やがて決断した。

「たしかにそうかもしれねえ。よし、わかった」

それが四日前のことだ。そして、仁五郎が選んだ地がいまいる小川村だった。

この村は東西に青梅街道《おうめかいどう》が走っており、青梅方面の村々と江戸を往復する業者がいる。

かつては石灰《せっかい》を江戸に運ぶことが多かったが、いまは農作物が中心となっている。しかし、諸国の例に漏れず飢饉のあおりを受け、住民の多くは厳しい生活を強《し》いられていた。

それでも必ず利益をあげている者がいるのもたしかだ。仁五郎は金を稼がなければならない。そのための江戸行きなのだ。

目的は江戸の博徒と、大博打《おおばくち》をやることだった。

──生まれてから死ぬまで、博打だ。いい目が出るか出ねえかは、てめえの運次第。それが人生ってもんじゃねえか。

仁五郎の口癖である。

「いつまでここにいる気だ」

勘助は脇道にそれたほうがいいと助言したくせに、小川村に飽いていた。道場もなければ、村の中心地も閑散《かんさん》としている。それに孝造《こうぞう》という村役から話を聞いてあきれていた。

孝造はこういった。

「ここにゃ、なにもありません。つぶれ百姓が増えるばかりで、女房子供を江戸に売り払い、ついでに当の本人も江戸へ出て、力仕事の下働きをするしかないんです」

勘助は孝造のくたびれた着物と伸び放題の乱れ髷を見てため息をついた。

とんだ村に来てしまったとにわかに後悔した。しかし、すぐ甲州道中に戻るのは控えなければならない。代官所の手先も動いているだろうし、千人同心の知らせを受けた幕府が動いていてもおかしくはない。

勘助はぐるっと家のなかに視線をめぐらせた。そこはつぶれた酢醤油屋《すじようゆや》だった。店の主家族はとうにいなくなっているので、夜露《よつゆ》をしのぐために出入りをしても文句をいう者はいない。いいたくても、一種独特の剣呑な空気を身に纏《まと》っている仁五郎らを見れば、口を閉ざすしかないのだ。

勘助は柱にもたれたまま、吸っていた煙管《きせる》を灰吹《はいふ》きに打ちつけて煙草《たばこ》入れにしまった。

そのとき、戸口から駆け込んできた仲間がいた。

「仁五郎さん、いろいろとわかりやしたよ」

戻ってきたのは種次《たねじ》だった。村の様子を知るために聞き調べに行っていたのだ。

「何がわかった?」

仁五郎の問いに、種次は這《は》うようにして座敷にあがってきた。他の仲間もそばに寄ってくる。勘助だけは柱にもたれたままだ。

仲間は全員で七人。どうにか侍らしいのは勘助のみで、他は仁五郎を含め全員が長脇差《ながわきざし》を帯びた無頼《ぶらい》の風体である。

「金持ちなんていやしません。どいつもこいつもしけた面してやがる。だけど、いるところにはちゃんといるもんです」

「前置きなんざ聞きたかねえ。手短に話しやがれ」

仁五郎は剝《む》き出しの毛脛《けずね》を引っ搔きながら急《せ》かす。

「市兵衛《いちべえ》という名主《なぬし》がいるんです。村の百姓らは汲々《きゅうきゅう》としているっていうのに、市兵衛の家だけは余裕の体《てい》です。六貫文の名主給《なぬしきゅう》をもらってるし、てめえの土地を小作人に預からせて上がりを吸い取ってやがんです。それに、こんな村じゃ金の使い道なんざありません。金は余るばかりです」

名主給というのは、村名主に支給される役料《やくりょう》である。

「家はどこだ？」

「ここからすぐですよ。二町ほど行った先の高い石垣のある家です」

「家には何人いる？」

「女房子供を入れて六人、それに使われている下僕《げぼく》がひとりです」

種次から話を聞いた仁五郎は、仲間の顔を眺め、最後に勘助を見た。

「相手は名主といっても百姓であろう。おれの出る幕ではない」

勘助はそういって、そばに転がっている二個の胡桃《くるみ》をつかみ取り、カリカリいわせた。

「それじゃ、小野寺さんはここで待っていりゃいい。〝仕事〟はおれたちで片づける。おう、そうと決まりゃ話は早《はえ》ェ、早速出かけるぜ」

仁五郎の声で、全員が長脇差を引き寄せたり、腰に差したりして立ちあがった。

勘助はそんな仲間には目もくれず、壁の一点に視線を注ぎつづけ、つかんでいる胡桃を玩《もてあそ》んだ。

戸口を出て行った仲間の足音が遠ざかり、家のなかに静寂が訪れた。

二

「因果《いんが》なことよ」

ひとり残った小野寺勘助は独り言を漏らして苦笑した。

苦笑には後悔の思いが混じっていた。しかし、いまさらどうすればよいというのだと、おのれに問う。答えはわかっていながら、行動に移すことができない。仁五郎の世話になるべきではなかった。もっと早く縁を切るべきだった。しかし、恩義もある。

勘助は唇を噛んで、濡《ぬ》れ縁《えん》に体を向け、庭の先にある野山に目をやった。高い空に雲が浮かんでいる。

勘助は甲斐国勝沼《かいのくにかつぬま》の生まれだった。先祖は武田信玄《たけだしんげん》の親族衆のひとり、勝沼丹《たん》波守信元《ばのかみのぶもと》の家臣だった。しかし、信元は小田原北条氏《おだわらほうじようし》と通じ逆心したとされて成敗され、勝沼家は滅亡した。信元の家臣だった先祖も同罪と見做《みな》され追放された。

以来、勘助の先祖は辛酸《しんさん》を嘗《な》めながら寒村《かんそん》で細々と暮らしてきた。

さりながら勘助は父、貫五郎《かんごろう》の薫陶《くんとう》を受け、幼くして剣術の腕をあげ、十八歳にしてその腕を見込まれ、須坂藩堀家《すざかはんほりけ》に郡奉行《こおりぶぎよう》配下の目付《めつけ》として召し抱えられた。

役目は目付仕事もあったが、剣術指南役に重きが置かれた。ようやく小野寺家に光明が見えはじめた時期であった。

ところが、仕官して六年後に上役の不正に荷担《かたん》したと見做された。まったく身に覚えのないことだったが、誤解は解けないばかりか偽の証拠を突きつけられ逃げ道がなくなった。

捕まれば命がないということもわかり、勘助は妻子を連れて逃亡した。しかし、藩の捕り方は執拗《しつよう》に追ってきた。

おのれひとりなら逃げ切れただろうが、幼い子供と妻がいるので思うようにいかない。ついに千曲川《ちくまがわ》の中流に近い浅野村《あさのむら》で、妻子が捕り方に捕まった。勘助はなんとかして助けようと奮戦したが、多勢に無勢でいかんともしがたい。それでもおのれの命を擲《なげう》ってでも妻子を助けようとした。

そこへ思いもよらぬ助っ人があらわれた。

それが不動の仁五郎とその仲間だった。捕り方はすでに疲れていたし、勘助が幾人かを斬り倒していたので数も減っていた。

捕り方は怒濤《どとう》の勢いで襲いかかってくる仁五郎らに恐れをなし、そのまま逃げていった。

難を逃れた勘助一家は、その後、命の恩人である仁五郎の世話を受け、勝沼のそばに居を構えて静かに暮らしはじめたが、二年後に妻と子はつぎつぎと病に倒れ、還らぬ人となった。

ひとりになった勘助は再び仁五郎を訪ね、仲間に入り、その後行動を共にしている。

(あのとき、なぜおれは仁五郎を訪ねたりしたのだ)

勘助は来《こ》し方《かた》に思いを馳《は》せ、唇を噛む。

妻子を亡くしたという孤独と寂しさが胸の内にあったのは否《いな》めぬが、仁五郎を頼るべきではなかったのだ。

仁五郎が無頼の輩だというのはわかっていた。関わってはいけない男だというのも。それなのに、いつしか仁五郎の仲間になってしまった。

気は進まなかったが、仁五郎らと組んで在方《ざいかた》の博徒と喧嘩をし、賭場《とば》を荒らし、商家を脅して金を巻きあげもした。だが、人の命を奪うようなあくどいことはしなかった。

仁五郎のやり方が変わったのは、飢饉のしわ寄せでほうぼうの村が苦しくなってきた頃だ。かつてにぎやかだった近くの宿場も廃《すた》れ、商家もつぶれていった。

そうなると仁五郎らの稼ぎも少なくなり、二進《にっち》も三進《さっち》もいかなくなった。

――こうなったら鬼の心で凌《しの》ぎ切るしかねえ。

仁五郎はそういって、儲かっていそうな商家に押し入り金蔵を破った。されど、在方の商家に十分な蓄《たくわ》えなどなかった。稼ぐなら往来のある大きな町に行くしかなかった。しかし、たとえ悪党でも人が多ければ堂々と悪事を重ねることはできない。

そこで、仁五郎が考えたのが道場破りだった。その矢面《やおもて》に立つのが勘助だ。

（まったくおれとしたことが）

勘助は胡桃を強くにぎり締めて、空に浮かぶ雲を眺めた。そのうちに、仁五郎たちの様子が気になってきた。

腰をあげて表に出たのはすぐだ。先ほど調べから戻ってきた種次の話を思い返し、見当をつけて歩いた。

高い石垣のある屋敷。それが仁五郎たちが向かった名主の家だ。

往還から脇道にそれると、その家が見えてきた。勘助は短く立ち止まって眺めた。

高く積まれた石垣の上に屋敷はあった。静かである。背後は杉林で、松や銀杏《いちょう》、あるいは楠《くすのき》がある。

緩やかな坂道を上っていくと、門があり、勝太《かつた》という仁五郎の子分が立っていた。仲間内ではもっともすばしっこい小男だ。

「何をしているのだ？」

勘助が問うと、勝太は見張りだといった。

「村の者が来ると面倒なので」

と、言葉を足した。

勘助は戸の閉まっている玄関に視線を注いだ。

家のなかで騒ぎは起きていない。仁五郎は荒っぽい男にちがいないが、馬鹿ではない。名主と話し合いをしているのかもしれない。

勘助はそのまま足を進めて玄関に立った。村の名主は名字帯刀《みようじたいとう》が許され、玄関を拵《こしら》えることも許されている。

「邪魔をする」

そういって戸を引き開けたとたん、目の前に死体が転がっていた。身なりからして下僕のようだ。背中をバッサリ斬られ、顔が横を向いていた。驚愕《きようがく》したように開かれた目は虚空《こくう》を見つめたままだ。土間には血溜《ちだ》まりがあった。

「なんだ、来たのかい」

玄関を入った右側の座敷から仁五郎が声をかけてきた。どっかりあぐらをかいて、のんびり煙管を吸っていた。

その近くに女の死体があった。障子も唐紙《からかみ》も血飛沫《ちしぶき》で染められている。

「殺したのか？」

勘助はまばたきもせずに仁五郎を見た。

「騒ぎやがったからな」

仁五郎はぷかっと煙管を吸って、紫煙《しえん》を吐いた。

奥にもうひとつ座敷があり、男の死体が転がっていた。

廊下からあらわれた手下が、小さな金箱《かねばこ》を運んできて仁五郎のそばに置いた。

壮助《そうすけ》という蝦蟇《がま》のような黒い顔をした男だった。

「見つけましたぜ」

「蓋《ふた》を……」

仁五郎にいわれた壮助が金箱の蓋を開けた。

「あるじゃねえか」

仁五郎は感激したような笑みを浮かべ、金箱に手を突っ込んだ。じゃらっという音が聞こえてきたが、勘助は土間を進んで台所に行った。

そこに二つの死体が折り重なっていた。幼い娘とその母親のようだった。勘助は顔をそむけたが、視線の先にまた死体があった。

そこは居間の隣にある小座敷だった。死んでいるのは女だ。着物が毟《むし》られたように剝《は》ぎ取られ、裸同然の姿だった。奇妙に首が曲がっているのは、骨を折られているからだ。

(なんてことを……)

勘助がやるせなさそうに首を振ると、仲間の声が聞こえてきた。

「おい、仏壇の後ろにあった。こっちだ、手伝え」

「いま行くから待ってろ。重いのか?」

「そうでもねえさ」

勘助は仲間のやり取りを聞き流して、仁五郎のいる座敷にあがった。仁五郎は金の勘定《かんじょう》をしていた。

勘助はそのまま廊下に立った。と、そのすぐ下の庭に男の死体があった。齢《よわい》六十ほどの男だ。おそらくこれが市兵衛という名主だろう。

胸から顎にかけて斬られ、顔は血で真っ赤に染まっていた。

「殺さなければならなかったのか」

キッとした目を仁五郎に振り向けた。

「なんだい小野寺さん、いまさら仏心はねえだろう」

仁五郎はふっと口の端に笑みを浮かべた。

三

倉持春之助は深大寺村《じんだいじむら》の百姓、長兵衛《ちょうべえ》の家で、草鞋《わらじ》を脱いでいた。

「すまぬな。無理をいって」

春之助は、どぶろくの入った徳利《とつくり》を持って居間にあがってきた長兵衛に礼をいった。

「どうか楽になさってください。このあたりは寂しいところなので、お客が来ると嬉しいんです。この頃は倅《せがれ》も娘も寄りつきませんでねえ」

長兵衛は、さあやってくれと、春之助に酌《しやく》をする。台所では長兵衛の女房が料理を作っていた。

「作物がどうにか育つようになって、ホッと胸を撫《な》で下ろしているんです。来年はもっとよくなるでしょう。何しろ飢饉のさなかに大風が来るわ、長雨になるわで往生しましたからね」

「どこも大変そうであるな」

「害のなかった土地と、どうにもならなくなった土地がありましてね。うちの畑や田圃《たんぼ》は、まだいいほうなんです」

長兵衛はひとしきり農事の大変さを話した。関東一円は浅間山の噴火で被害を蒙っているが、運良く被害の少ない地があった。おそらく風のせいだろうというのが、長兵衛の見立てだった。

そんな話をしている間に、目の前に南瓜《かぼちゃ》の煮物と衣《きぬ》かつぎが運ばれてきた。女房はこんなものしかありませんが、堪忍《かんにん》してくださいと頭を下げる。

「なに、十分だ。見ず知らずというのに、図々《ずうずう》しく一泊させてもらう身だ。かえって申しわけない」

女房はゆっくりしていってくださいといって、また台所に下がった。

「さっきも話したが、見知らぬ男たちを見かけた者はいないだろうか。わたしが追っている無頼の流れ者だ。相手は六人、あるいは八人だとはっきりせぬが……」

「ひとりだけ侍で、他はやくざみたいな男たちなんでしたね」

「そういう話だ。わたしもそやつらを見ていないので、何ともいえぬのだが……」

春之助は剥いた衣かつぎに、塩を少しだけつけて口に入れた。

長兵衛はしわ深い顔のなかにある小さな目を泳がせて、

「もし、そんな男たちが村に入ってくれば、噂になるはずですが……」

と、どぶろくをすするように飲んだ。

「すると、この村には来ていないのかもしれぬな」

春之助は独り言のようにつぶやいて、もう賊は江戸に入ったのかもしれないと思った。

賊の足取りをつかめたのは、日野宿までだった。そこから先は煙のように姿を消している。もっとも春之助ひとりで調べたことなので、どこかで聞き漏らしがあるかもしれないし、賊を見た者に会っていないだけかもしれない。

「それにしても倉持様は、どうしてそんな怖ろしい人たちを捜しておられるんです」

長兵衛はまばたきをしながら聞いてくる。詳しいことを話していないので、もっともな疑問である。

「わたしが八王子で剣術道場をやっていることは話したな」

「へえ、そうでございましたね」

「八王子にはいくつかの道場があるのだが、知り合いの道場がひどい目にあったのだ。道場を破られ、賊は師範とその身内を殺し、有り金を盗んで逃げているのだ」

「それじゃ、人殺しの盗人《ぬすっと》ではありませんか」

長兵衛はぽかんと口を開けて驚く。

聞き耳を立てていたのか、台所に立っていた女房が怖気《おぞけ》だった顔を向けてきた。

「さようだ。だから放ってはおけぬのだ」

「そんな怖ろしい男たちが、この村に……」

「それはわからぬ。江戸に向かったことまではつかんでいるが、日野宿を去ったあと、どこへ行ったのかわからなくなった」

長兵衛は言葉をなくしたように、台所にいる女房と顔を見合わせた。

「もし、そんな悪党がこの村にいたら大変です。明日の朝になったら、あっしが村の者に聞いてきましょう」

「そうしてくれるなら助かる」

「この村に来ていないことを祈りますが、まったく、くわばらくわばらです」

長兵衛は胸の前で手をすりあわせた。

晩酌が終わったあと、春之助は女房が敷いてくれた夜具《やぐ》に横になったが、なかなか眠ることができなかった。

表から鈴虫《すずむし》の声が聞こえてきて、縁側から涼しい風が入ってきた。百日紅《さるすべり》の赤い花が、月あかりに浮かんでいた。

（どこにいるのだ？）

春之助は闇の遠くに賊たちの姿を描くが、ぼうっとした暗い影しか浮かばない。賊の数は六人という者もいれば、八人という者もいた。そして、道場主と立ち合ったのは、賊のなかにいる侍だ。名も顔もわからない。

自分の道場に一味が来なかったのはさいわいだが、襲われた道場はいずれも宿場外れにある村の道場だった。

八王子宿は千人同心の町といっても過言ではない。そして、同心たちは郷士《ごうし》身分である。役目がないときには野良仕事をしているが、武士としての気風は強く、剣術に身を入れる者が多い。

八王子の道場は大小あるが、各流派の免許持ちは自宅を道場にしたり、庭を道場代わりにして剣術指南をしている。師範は同心頭や練度の高い同心たちだ。

八王子で襲われた道場は三つ。そのなかに春之助と懇意《こんい》にしていた片倉村《かたくらむら》の岸《きし》谷喜左衛門《たにきざえもん》がいた。

喜左衛門は齢四十五で千人同心の組頭だった。それ故に配下の平《ひら》同心の大半が、喜左衛門から剣術を教授されていた。流派は小野派一刀流で、槍術《そうじゅつ》や棒術《ぼうじゅつ》にも長《た》けていた。

無外流《むがいりゅう》を修めている春之助は、その喜左衛門から槍術の指南を何度か受けており、以来親しい間柄になっていた。

喜左衛門だけでなく、その妻子までも殺され、持ち金も盗まれたと知り、いいようのない衝撃と憤怒《ふんぬ》に駆られた。

（とにかくこのまま賊を放っておくことはできぬ）

春之助は月影に揺れる百日紅の花を眺めながら唇を噛んだ。

明日の朝、賊の足取りがわかれば追うが、わからなかったら宿場に戻り、そこから江戸を目指すつもりである。

賊は徒党を組んで江戸に向かっているはずだ。街道を使っているなら、必ず見た者がいる。とうに江戸に入っていたとしても、あきらめるつもりはなかった。

できるかぎりの手を尽くして捜し出すつもりだ。それに江戸には頼れる男がいる。

(兼四郎……)

春之助は胸の内で刎頸《ふんけい》の友の名をつぶやいた。

四

兼四郎が八王子宿にある春之助の道場に着いたのは、すっかり日が暮れた六つ半(午後七時)過ぎのことだった。

道場が閉まっていたので、兼四郎はドキリと心の臓を脈打たせたが、母屋にまわると坂田米吉《さかたよねきち》という若い門弟《もんてい》が、

「先生でしたら江戸へ向かわれました」

と教えてくれた。

「江戸へ? 何をしに行ったのだ?」

そう問うと、米吉は八王子にあらわれた道場破りの話をした。兼四郎は、春之助に危害が及んでいないことに胸を撫で下ろしたが、

「すると、春之助はひとりで賊を追っていったのか」

と、今度は別の不安が胸の内にわいた。

「さようです」

「春之助には賊の行き先がわかっているのか？」

「おそらくわかっていないと思います。ただ、賊が江戸に向かったことだけはわかっています」

「なぜ、そんなことが……」

米吉は知り合いの道場が襲われたことを話した。

それは春之助と仲のよかった岸谷道場の師範、喜左衛門のことだった。

「先生が知らせを受け、これは一大事だということで、わたしもついていったのです。しかし、遅すぎました。駆けつけたときにはもう、岸谷先生もお身内も殺されていまして……」

「賊のことはどこまでわかっている？」

米吉は少なくとも三軒の道場が被害にあっていると話した。

一軒は岸谷道場で、もう一軒は中野村《なかのむら》の門脇道場、残る一軒は打越村《うちこしむら》にある沢村左門次《さわむらさもんじ》の道場だった。

いずれも八王子の中心である宿場から離れた村の道場だった。そして、賊たちの話を聞いていた者がいた。

「沢村道場が襲われたときに、縁の下に逃げた使用人が賊のやり取りを聞いていたのです。曾太郎《そうたろう》という下男なんですが、ふるえながら話してくれました。家のなかであがる悲鳴や、助けを求める声を聞いて、自分も見つかったら殺されると、生きた心地がしなかったそうです」

「どんなやり取りを聞いたのだ？」

「賊の頭は不動の仁五郎と名乗っていたといいます。それから江戸へ行って一仕事するといっていたと。他にも耳にしたことがあるはずだと先生は曾太郎に尋ねましたが、聞いたけれどあとはよく覚えていないというばかりでした。恐怖におののいていただろうから無理もないと先生はおっしゃいましたが、わたしも同じ目にあったら、怖ろしくて耳を塞《ふさ》いでいたかもしれません」

「不動の仁五郎……」

兼四郎が宙の一点を凝視してつぶやくと、米吉は「はい」と、こわばった顔で返事をした。

それが一刻（二時間）ほど前のことで、兼四郎はそのまま春之助の家に留まっていた。

近くに宿を取るといったのだが、米吉は兼四郎のことを知っているし、春之助も何かあると兼四郎の話をするので、遠慮はせずに是非泊まっていってくれと米吉に引き止められたのだった。

兼四郎は客座敷に端然《たんぜん》と座り、煙管をくゆらせていた。つい先刻、米吉から簡素な夕餉《ゆうげ》を馳走になったばかりだった。

「八雲様、お茶を……」

台所の片付けを終えた米吉が茶を運んできた。

表ですだく虫の声がするだけで、家のなかはいたって静かだった。

「世話になるな」

「いえ、もしお酒をご所望なら、お持ちしますが……」

「これでよい」

兼四郎は使い終わった煙管を煙草盆に置いて茶に口をつけた。

「さっき聞いた話だが、沢村道場の曾太郎は、賊が何人だったか気づいていないのだろうか？」

「六人から八人だといっていました。曾太郎は縁の下でふるえていたので、はっきりとはしなかったのですが」

「六人から八人」

「はい」

「襲われた道場は三軒だけなのか？　もしや他にもあるのでは？」

「お役人が調べにまわっていますが、どうやら三軒だけのようです」

「すると、賊はその三軒の道場を襲って、八王子を去ったということか……」

「だと思います」

「なぜ賊はその三軒に目をつけたのだろう？」

「先生も同じことをお考えになりました。そして、先生のお考えはこうでした。襲われた道場は宿場から離れた村にあります。それに近所の家とも離れています。だから少々の騒ぎでは気づかれることがないからだろうと。わたしも同じことを考えました」

「ふむ。しかしながら門弟はいなかったのだろうか？」

「誰もいなかったのです。おそらく賊は稽古に来た門弟が帰ったあとで道場を訪ねたのでしょう。そう考えるしかありません」

「……そういうことか」

つぶやいた兼四郎は行灯のあかりに揺れる自分の影を見つめた。それからふいに思い出したように、米吉に顔を向けた。

「この一件の調べは誰がしているかわかるか？」

「おそらく代官所と千人同心が動いているはずです。詳しいことはわかりませんが……」

「誰に尋ねればわかる？」

米吉はしばらく考えるように視線を動かしてから兼四郎に顔を戻した。

「明日、聞いてまいりましょうか」

「わかれば助かる。頼まれてくれ」

「承知しました」

千人同心は甲州と江戸の国境警備にあたると同時に治安維持にも努めている。配置されているのが八王子なので、自《おの》ずと八王子宿の治安にも気を配っている。しかし、どこまで探索能力があるのかわからない。

また、米吉は代官所といったが、関東郡代《ぐんだい》が出張して来ていれば、その指揮は郡代が執《と》るが、もし不在となれば配下の手付《てつけ》や手代の仕事になる。そうはいっても代官所は、犯罪の取り調べや罪人捕縛《ほばく》に積極的には動かない。主な職務が年貢徴収だからだ。

他にも法令の伝達や戸籍調べ、普請《ふしん》、天災などの救済もあるが、江戸町奉行所のような警察権を発動することは滅多にない。

その夜、米吉の世話を受けて床に就《つ》いた兼四郎だが、すぐには寝つけなかった。考えることはいろいろある。

賊のことはもちろん、春之助の安否も気になる。もし、賊を見つけて一戦交えていれば、どうなっているかわからない。相手は少なくとも三人の道場主を倒しているのだ。

春之助の腕はたしかだが、世の中には思いもよらぬ強者がいるのもたしかだ。絶対に春之助が負けないという保証はない。

考えるのはそれだけではない。寿々に頼まれた一件もある。こちらは官兵衛と定次がなんとか調べを進めてくれるだろうが、やはり気にかかる。

なかなか寝つけず、兼四郎は何度も寝返りを打った。夕餉を馳走になる前に、春之助の妻子の位牌《いはい》を祀《まつ》ってある仏壇に手を合わせたが、もし余裕があれば墓参りもしたいと思った。もちろん、春之助の妻だった咲とひとり息子の小吉が眠っている墓である。

「いかん、眠っておかねば……」

兼四郎は声に出していうと、また寝返りを打った。江戸から歩きづめでやってきたばかりで体は疲れているのに、神経を尖《とが》らせているせいか睡魔《すいま》が来ない。

「寝なければ……」

もう一度つぶやきを漏らして目を閉じた。

五

「終わりました」

奥の帳場にやってきたお琴は、前垂れを外してふっと小さなため息をついた。

「お疲れだったね。今日も無事に終わってなによりだ。そこへお座り」

寿々は読みかけの黄表紙《きびょうし》を閉じて、お琴をまっすぐ見た。

「話ってなんでしょう？」

お琴はぱっちりとした大きな目を向けてくる。汚れを知らない澄んだ目をしている。

「うすうす気づいているとは思うけど、菊屋さんのことだよ」

「この店を譲ってくれといってくる年寄りですね」

「年寄りといったって日本橋の大店の主だよ。きっぱり断ってはいるけど、心配でならないんだよ」

「………」

「菊屋さんは、なにがなんでもこの店を手に入れたいといって聞かない。この前は二百両上乗せして譲ってくれといってきた」

「二百両……それじゃ、都合三百両ではありませんか」

「そうさ。もっともこの店を三百両と安く見られちゃ困るんだよ。だから、今度も追い返したよ。だけどね、天助《てんすけ》と信吉のことがあるだろう。天助は怪我だけですんでよかったけど、信吉は死んじまったじゃないか」

「おっかさん、あれは殺されたんですよ。信吉さんは自分で死ぬような人ではなかったもの。それはみんな知っていることです。だけど、町方は身投げだといって引きあげてしまった。わたしは悲しくて悲しくて……」

お琴はほんとうに泣きそうな顔をした。

「その信吉のことがあるからわたしも心配だし、気がかりなんだよ。今夜は正直に打ち明けるけど、菊屋さんは本気だよ。ひょっとするとわたしの命を狙っているかもしれない。考えたかないけど、もしかしたらあんただって……」

「まさか」

お琴はめいっぱい目を見開いた。

「まさかじゃない。ほんとうのことさ。どうもあの人の裏には幕府の偉い人がついていそうなんだ。その人が動けばこの店は……」

「どんな偉い人であろうと、うちの店は悪いことなんかしていないのだから、何の手出しもできないでしょう」

お琴は寿々を遮《さえぎ》っていった。

「それはわからないよ。偉くなればなるほど、腹汚い手を使ってくるのが役人の常さ。涼しい顔をして、裏で何をやっているかわからないのも権柄《けんぺい》のある人間さ。そんな人が菊屋さんの裏で糸を引いているなら、どうなるかわからない。おまえがいうように、うちは何も悪いことはしていない。していないけれど、身に覚えのない罪をなすりつけてくるかもしれない。それこそどんな申し開きをしようが、聞き入れられないように偽の証拠を突きつけてくるということだよ。そうなったら、もう店はやっていけない」

「それじゃおっかさんは、この店を菊屋さんに譲るというの」

お琴は生唾《なまつば》を呑み、まばたきもせずに寿々を見つめる。

寿々は口を引き結んで、ゆっくり首を横に振った。

「いいや。わたしは何があろうとも、この店を守る。奉公人やあんたを、命に代えても守ってみせる」

「…………」

「あんたのためにおっかさんはそうすると決めたんだ。だけどね、人の命はわからない。信吉のことがあるから、心配でならないのさ」

「また誰かが殺されるというの……」

「そんなことがあってたまるもんですか。だから、うちの奉公人には十分に気をつけてもらいたい。あんたからうまく話をしてくれるかい」

「それはもう……」

お琴は承知したというようにうなずいた。その目は寿々をじっと見つめたままだ。

寿々に育てられ、厳しく躾《しつ》けられ、また人との付き合いもよくわかってきている子だから、その辺はあうんの呼吸で心得たはずだ。

「こんな話をすると、あんたの不安を大きくするだけだろうけど、なんとかするからわたしを信じておくれ」

「何をいまさら、わたしはおっかさんだけが頼りなんですから。でも、もうわたしも立派な大人です。また菊屋さんが来たら、わたしに話をさせてくれませんか」

「さあ、それはどうしたものかね。あの人はおとなしそうな顔をしているけど、相当な狸《たぬき》だよ。おまえが話をしても太刀《たち》打《う》ちできないだろう」

「でも、なんとかしなければならない。そうではありませんか」

「だから悩んでいるんだよ」

「こんなとき、誰か頼れる人はいないのですか？」

お琴はすがるような目を向けてくる。

「一応相談はしてあるんだけれどね」

寿々は兼四郎の顔を思い浮かべた。

なぜ、あの人に相談なんかしたんだろうと、あとになって思ったが、いまも不思議でならなかった。相手は町屋の小さな飯屋の主である。

それなのに話をしてしまった。誰かに頼りたいという思いで、つい話しやすそうな大将に打ち明けたのかもしれない。

しかし、大将は力になれる人がいるようなことをいった。気休めでそんなことをいったとは思わないし、大将はそんな人間ではないはずだ。

苦労して料理屋の女主になった寿々には、少なからず人を見る目がある。だから寿々は「いろは屋」にも行かずに、兼四郎からの知らせを待っているのだった。

「その方は信用がおけるの?」

「信用しているから相談したんだよ」

「それで……」

「まだ何もいってこないけど、きっと手を打ってくれているはず。ほかにもいくつか手立てを考えてはいるけれど、まずはその人の返事を待たなきゃならない。あんたを悩ませるようなことをいったけど、いずれ話さなきゃならないことだから、早いうちがいいだろうと思ってね」

お琴は小さくうなずいた。

「また何かあったら、その都度話すことにするよ。いま話したこと、胸にとめといておくれ」

話は終わりだというように、寿々は膝の上に置いていた手拭いを二つにたたんだ。それと察したお琴は、何もいわずに部屋を出て行った。

障子が閉まると、寿々はふーっと長い吐息を漏らして、

（大丈夫、あんたのこともこの店も、守ってみせるよ）

と、胸の内にいい聞かせた。

すると、まだ四歳のころのお琴の顔が脳裏に浮かんだ。お琴は小梅村《こうめむら》の百姓から養女にもらったのだった。

ほんとうに愛らしい子だった。寿々と共に苦労をして育ってきたが、その子はいまや立派な大人になって、自分の代わりに店を切りまわしている。

「お琴、お琴や……」

寿々は閉まった障子を凝視しながら、囁《ささや》くようにつぶやいた。

六

翌朝、兼四郎は早くに起き出すと、八王子宿を歩いた。山の端に曙光《しょこう》ににじんだ雲があり、静かな往還には紗《うすぎぬ》をかけたような靄《もや》が漂っていた。

それでも戸を開けている商家も散見された。歩いている人は少ないが、旅籠《はたご》から出てくる旅人が何人かいた。

八王子宿は日光脇《にっこうわき》往還や佐野川《さのがわ》往還が分岐する交通の要衝《ようしょう》で、横山宿《よこやましゆく》と八日《ようか》市宿《いちしゆく》が中心地となっていた。宿往還は約三十五町あり、本陣が二軒、脇本陣四軒が置かれ、旅籠も三十数軒ある。

閑散とした往還を歩きながら、周囲の山々に目を向け、

(不動の仁五郎か……)

と、兼四郎は内心でつぶやき、賊はどこから来たのだろうかと思った。

空に舞いあがった一羽の鳶《とび》が、笛のような声を降らしながら大きく旋回《せんかい》をはじめると、近くの林から数十羽の烏《からす》の群れが飛び立ち、西のほうへ去って行った。

春之助の家に帰ると、おそのという通いの女中が米吉と話をしており、兼四郎に気づくなり、

「八雲様、これから代官所へ行って話を聞いてきます。先に朝餉《あさげ》を召しあがっていてください」

と、米吉がいって家を出て行った。見送ったおそのが兼四郎に、先に茶を淹《い》れるので少し待ってくれといった。

兼四郎は座敷にあがり、茶を飲んでひと息ついた。

庭を眺めながら春之助のことを考える。賊は江戸に向かったという。そして、春之助はその賊を追っている。ならば、おれも江戸に戻るべきだろう。

とりあえず、米吉を待ってからの出立《しゅったつ》だと決める。

おそのが朝餉の膳を運んできたので、早速箸をつけた。炊きたての飯に味噌《みそ》汁《しる》、香の物、めざし。質素だが十分にうまい。

「八雲様は、こちらに見えるときに先生と擦れちがわれたかもしれませんね」

飯櫃《めしびつ》のそばに座るおそのが声をかけてきた。

「わたしもそのことを考えた。人気《ひとけ》の少ない往還ならすぐに気づいただろうが、宿場には人が多い。見知った者がいても気づかぬこともあろう」

「先生は、ご無事でしょうか……」

おそのは不安そうな顔をする。四十年増で小柄な女だった。

「そのことをわたしも案じているのだ」

「先生はひとりで出かけられましたからね。米吉さんもそうですが、他の門弟の方たちもずいぶん心配されています」

「ふむ、気持ちはわかる。うまい飯を馳走になった。礼をいう」

兼四郎は手拭いで口を拭い、おそのが差し替えてくれた茶を受け取った。

米吉が戻ってきたのは、それから小半刻（三十分）ほどたってからだった。

「いかがであった？」

駆け戻ってきた米吉は息を切らし、顔に汗を張りつかせていた。

「代官所はあまり調べをしていないようです。手代がいうには、あの件は千人同心にまかせてあると、あまりかまってくれませんでした。わたしを見下したような目で見て腹が立ちました」

「代官所は何も知らないというのか？」

「帰りに奥山《おくやま》という千人同心にばったり会ったのです。先生のお弟子さんで、この道場に通ってくる人です。道場が襲われた件は、同じ同心仲間のことなので目の色を変えて探索したらしいのですが、沢村道場の下男の話以外のことはわかっていないようです。でも、日野の道場も襲われたといっていました」

「いつのことだ？」

兼四郎はくわっと目を大きくした。

「六日ほど前だったとか……。やり口は八王子の道場とよく似ているので、おそらく同じ賊の仕業だろうということでした」

「襲われた日野の道場の名はなんという？」

「志村《しむら》道場と聞きました。日野からも千人同心はやってきますので、それでわかったそうです」

日野は八王子から一里半ほどだ。志村道場に行けば賊を追う手掛かりをつかめるかもしれない。

キラッと目を光らせた兼四郎は、すぐに出立の支度をはじめた。米吉が供をしようかと申し出たが、兼四郎はやんわりと断った。

「おまえは春之助が帰ってくるのを待つのが仕事だ。あやつは運の強い男だ。懸《け》念《ねん》あるな」

兼四郎は編笠を取ると、おそのにもう一度礼をいって、そのまま春之助の家をあとにした。

すでに日は高く上っており、空は青く晴れわたり、野辺に茂っているスキの穂が風に揺れていた。

往還には馬を引いて野良仕事に行く百姓や千人頭の役宅に向かっているらしい侍の姿、旅の行商人の姿があった。

約一刻後、兼四郎は日野宿に入っていた。

町並みは東西に九町ほどだ。昼前とあって人の往来は多くなかった。

宿中にある問屋場《といやば》を訪ねると、詰めていた問屋役と年寄役が警戒の目を向けてきた。

「わたしは旅の者だ。あやしい者ではない」

兼四郎はそう断ってから言葉をついだ。

「ついては聞きたいことがある。八王子の道場が賊に荒らされ、またこの日野にある道場も害にあったと聞いたが、そのことを知っている者はおらぬか？」

問屋役と年寄役は顔を見合わせてから、兼四郎に視線を戻した。口を開いたのは四十前後の年寄役だった。

「存じております。しかし、お侍様はなぜそんなことを……」

「わたしの友も八王子で道場を開いており、その者が賊を追っている。わたしはその助太刀《すけだち》に走らねばならぬのだ」

年寄役は膝をすって前に出てきた。

「代官所は調べてくれませんし、千人同心も手を焼いています。この宿で襲われたのは、志村宅右衛門《たくえもん》様の道場でした。宅右衛門様もご新造さんも、そして二人の幼子《おさなご》まで殺されています」

「家が荒らされ、金も盗まれています」

問屋役が言葉を足した。

「その賊を見た者はいないか？」

「いました」

兼四郎は目を光らせて問屋役を見た。

「多摩川《たまがわ》を渡った先に青柳村《あおやぎむら》がございます。そこの百姓が、七人の男が徒党を組んで岩槻道《いわつきみち》を丑《うし》の方角へ歩いて行ったと話しております。おそらくその七人が道場を襲った賊なのではないかと」

(賊は七人だったか……)

兼四郎は身を乗り出した。

「それはいつのことだ?」

「六日ほど前だったでしょうか……」

「岩槻道を丑の方角へ行ったというが、その道はどこへ通じている?」

「青梅街道沿いにある小川村へ通じています。ずっと先は日光です」

「日光……」

岩槻道は日光脇往還だから問屋役はそういったのだ。

兼四郎は短く考えてから、小川村までいかほどあるかと問うた。

「二里ほどでしょうか」

さほどの距離ではない。

「わたしは賊を追わなければならぬが、倉持春之助という者がここに来なかっただろうか。八王子にある倉持道場の主だ」

問屋役は年寄役と顔を見合わせたあとで、来ていないと答えた。

兼四郎は問屋場を出ると、往還に立って考えた。小川村へ行くべきか、それともまっすぐ甲州道中を辿り江戸へ戻るべきか。江戸までなら十里もない。

小川村は青梅街道沿いにあるという。青梅街道も江戸に通じている。兼四郎は足を進めた。とにかく小川村まで行ってみようと決めたのだ。

七

上布田宿《かみふだしゅく》（現・調布市《ちょうふし》）は甲州道中にあり、国領宿《こくりょうしゅく》・下布田宿《しもふだしゅく》・下石原宿《しもいしはらしゅく》・上石原宿《かみいしはらしゅく》、そして上布田宿で成る布田五宿のひとつである。

五宿の中心地が上布田宿で、江戸から三番目の宿場だった。府中宿まで一里二十五町の地にある。

されど、町屋らしき家並みはなく、商売をやっている店が五、六軒ある程度だ。

宿外れの茶屋に立ち寄った倉持春之助は、茶を飲んで草鞋を履き替え、通りに目を注いだ。江戸まで行って戻ってきたところだった。

何だか徒労ではないかという思いを募らせていた。春之助は賊を追って甲州道中を進み、内藤新宿の追分、問屋場、そして四谷入り口の大木戸で丹念な聞き調べを行った。

だが、賊につながるそれらしき話はまったく聞くことができなかった。

よって、賊は江戸にはまだ到着していないと考えた。ならば引き返すしかないと、江戸に背を向けて戻ってきたのだが、これまでの道で賊らしき男たちに出会うことはなかった。また、江戸を離れる際、兼四郎に会おうかという迷いもあったが、その思いを吹っ切って引き返してきた。

「つかぬことを訊ねるが、徒党を組んだ七人の男たちが江戸に向かうのを見かけなかったか？」

声をかけられた茶汲みの婆さんは、きょとんとした顔を春之助に向けてきた。同じことをあちこちで訊ねているが、誰もそんな男たちを見たという者はいなかった。

「どんな人たちでしょう？」

茶汲み婆さんは姉《あね》さん被りにした手拭いを直しながら問い返す。

「ひとりは見るからに侍で、あとの六人は長脇差を差しただけのならず者風情《ふぜい》だ」

「ならず者……」

茶汲み婆さんは目をしばたたく。

「その人たち、何か悪さをしたのですか？」

「人殺しだ。金を盗んでもいる。わたしは八王子で剣術道場をやっている倉持春之助と申すが、世話になっていた道場主とその妻子がそやつらに殺されたのだ」

茶汲み婆さんは目を見開き、驚いたように口を開いた。

「そんな怖ろしい男たちが……店の前を通っていたとしてもわたしは気づいていませんし、見てはいません。ちょいとお待ちください」

茶汲み婆さんは店の奥に行って、板場にいる女と短く話して戻ってきた。

「やっぱり、そんな人たちは通っていないんじゃないかといいますけれど……」

「さようか」

春之助はふっとため息をついて茶に口をつけた。

賊が七人だというのは、深大寺村を出てからわかったことだ。百姓のひとりが、春之助が追っている賊らしき集団を見ていたのだ。しかし、わかったことはそれだけで、その後はまったく足取りをつかめずにいた。

もっとも賊が人目につきにくい夜のうちに移動しているなら、茶屋の人間は気づかないだろう。

宿場にある問屋場の者たちも、始終表通りを見ているわけではない。賊が表通りを通らず、裏道を使ったならなおのことだ。

（もう江戸に紛《まぎ》れ込んでいるのか）

春之助は空に浮かぶ雲を眺めて思う。

賊が江戸に入っていれば、捜すのは至難の業《わざ》であろう。だが、これまでの聞き調べのかぎり賊は江戸に入っていない。

考えに耽《ふけ》っていると、辺りがゆっくり暗くなった。雲が日を遮ったからだった。よく見れば西の空に鉛色《なまりいろ》の雲が迫り出していた。

このところ晴天つづきだったが、一雨来るのかもしれない。

「馳走になった」

春之助は茶代を置いて立ちあがった。

（府中まで戻ってみよう）

その頃、不動の仁五郎は仲間を連れて、小金井村《こがねいむら》から人見村《ひとみむら》に入ったところだった。

青梅街道を辿って江戸に向かっていたのだが、あまりにも閑散とした往還に飽きがきて、甲州道中に戻ろうと仲間と話し合い、百姓地に入ったところ、道に迷っていた。

「街道を離れるからこうなるんですよ」

歩き疲れたのか、小三郎《こさぶろう》という手下がぼやく。大きな体にある四角い顔を仁五郎に向けてくる。

「どこへ行っても村じゃないですか」

小三郎のぼやきに利蔵《としぞう》が付き合った。

仁五郎はむっとして利蔵をにらんだ。鼻の脇に大きな疣《いぼ》があるから「鼻糞《はなくそ》」という渾名《あだな》がついている。

「うるせえ。がたがたぬかすんじゃねえ鼻糞」

叱《しか》りつけると、利蔵はひょいと首をすくめた。

「雨が降るかもしれぬな」

つぶやいたのは小野寺勘助だった。西の空を眺めている。

仁五郎もそちらの空に目を向けた。たしかに黒い雲がわいている。

「おい、雨に祟られちゃかなわねえ。急ぐぜ」

仁五郎はそういって野路《のじ》を急いだ。仲間があとにつづく。それまで吹いていなかった風が出てきて、道端や畑の畦《あぜ》に生えている彼岸花《ひがんばな》やススキを揺らしはじめた。

「このまま南へ行けば府中に出るんだな」

仁五郎は背後についてくる仲間を見た。

「さっきの百姓はそういった」

答えたのは勘助だった。

「宿場に着いたら、まずは腹拵《はらごしら》えだ」

仁五郎は菅笠《すげがさ》を被り直してさらに足を速めた。

乾いていた地面が風に吹かれて土埃《つちぼこり》を巻きあげ、近くの林が木々の白い葉裏をのぞかせてざわついた。

仁五郎らが府中宿に入ったのは、昼下がりだった。時刻はおそらく八つ半（午後三時）頃であろうか。

やっとひと息ついたと思った仁五郎だが、宿場の様子を見てしばし唖然《あぜん》となった。通りにある町の多くが焼け跡になっていたのだ。

「なんだこりゃあ」

他の仲間も往還に呆然と立ち尽くした。

「火事があったんですよ」

小男の勝太がつぶやくが、それは教わるまでもない。

「どこか宿を探すんだ。これから隣の宿場まで行くのはくたびれているし面倒だ。勝太、種次、探してこい」

「仁五郎さんはどうすんです?」

「おれたちゃその先の茶屋で休んでいる。早く行ってこい」

指図された勝太と種次が一方に駆け去ると、仁五郎は近くの茶屋の床几に腰掛けて休んだ。しかし、待つほどもなく勝太が駆け戻ってきた。旅籠を見つけたので早速話をつけたという。

「なら、そこへ行こう」

勝太が見つけた旅籠は、甲州道中と鎌倉街道《かまくらかいどう》が交差する札《ふだ》の辻《つじ》のそばにあった。

旅籠の者は部屋へ案内しながら、火事で大変だったと愚痴をこぼした。火事場の片付けがやっと終わり、建て替え普請はこれからだが、どこも飢饉のあおりを受けて火の車だからいつになるかわからないと話した。

「火が出たのは半月ほど前なんですが、どうにもしようがありません。うちは難を逃れたのでさいわいでしたが……。さあ、こちらです。部屋は三つご用意しましたので、ゆっくりしてください」

案内をした番頭はそのまま下がった。

仁五郎はどっかりと部屋に落ち着くと、

「二、三日、この宿で骨休めするか」

と、つぶやいて煙管を取り出した。

「仁五郎さん、道場破りはもうやめだ」

同じ部屋に収まった小野寺勘助が不遜《ふそん》な顔を向けてきた。

「あんたのやり方にはついていけぬ」

「なにをッ」

「これまでやってきたのは道場破りではない。多くを語らずとも、わかっているはずだ」

勘助はそういうと、そっぽを向くように窓の外に目を向けた。そのとき、ぱらぱらと雨が降りはじめた。

「運がいいねえ。雨に降られずにすんだぜ」

鼻糞の利蔵がのんびりしたことをいったが、仁五郎は表を眺めている勘助をにらむように見ていた。

（おれのやり方にケチをつけるのかい……）

内心で毒づく仁五郎は、甘えやがってと奥歯を嚙んだ。おれの苦労なんざ誰も知ることはねえと、内心で吐き捨てもする。だが、小さな怒りを煙管を吸って抑えると、吐き出した紫煙の行方を目で追った。

仁五郎は幼くして両親を亡くしていた。親の顔を覚えていないし、ぬくもりも知らない。気がついたときには天涯孤独の身だった。誰に養われたわけでも、面倒を見てもらったわけでもない。

それなのにひとりで生きてきた。生きるために盗みを繰り返した。そして、十六歳のときに人を殺し、行き場を探すように転々と流れ歩いた。

塒《ねぐら》は神社の床下、無人のあばら屋、橋の下、祠《ほこら》のなかなど、夜露《よつゆ》をしのげるところさえあればよかった。

そんな日々を送るうちに、仲間は増えていった。喧嘩や盗みはしたが、それ以上の悪さはしなかった。どこかで歯止めをかけていた。

だが、天明の飢饉が人生を狂わせはじめた。どこへ行っても食い物もなければ、盗む金もなかった。

「悪党になるしかねえのか」

そう思うのに月日はかからなかった。

手に職もなければ、まともな奉公に出ることもできない。非道なことをしてでも生きるしかない。それが仁五郎の生き様になった。

盗みはもちろん、恐喝、強姦、必要なら人も殺す。殺しを重ねるうちに、罪の意識がうすれ、他人を手にかけることに慣れてきた。

長生きなんかしようと思わないし、望みもしない。人並みの暮らしをしたいとも思わない。なぜなら人並みの育ち方をしていないからだ。これからは人並み以上の贅沢《ぜいたく》をし、太く短く生きる。それでよいと考えている。

（あんた、わかっちゃいねえな）

仁五郎は、雨の降る表を眺めつづけている小野寺勘助を見た。

（おれの恩を忘れたわけじゃねえだろう。それなのに……）

仁五郎は内心でつぶやきながら、煙管を灰吹きに打ちつけた。すると、ひょっとこ顔の種次がやってきた。

「仁五郎さん、妙な野郎がこの宿場にいるようですぜ」

仁五郎は種次を見た。

「どういうことだ?」

「どうもおれたちを捜してるようなんです。履物屋《はきものや》でそんな話を聞きやした」

「役人か?」

「そりゃあわかりませんが、侍です」

仁五郎は他の仲間を見た。小野寺勘助も真顔を向けてきた。

第三章　府中宿《ふちゆうしゆく》

一

種次の話はこうだった——。

仁五郎らとともに旅籠に入った種次は、草鞋が擦り切れて備えがないことに気づき、近くの履物屋に買いに行った。

草鞋は店のなかにいくつも吊り下げられていて、店の主に適当に見繕《みつくろ》ってもらった。そのとき短い世間話をした。

「火事で大変だったみてェだな」

「へえ、もうこの店もだめかと思いましたが、六所明神様《ろくしよみようじん》のご加護《かご》でしょうか、助かりました。それにしても飢饉に火事にろくなことがございません」

「どこもいっしょだよ」

「そうでございましょう。これでようございますか」

種次は店の主から草鞋を受け取った。

「六所明神てのはなんだい？」

そう聞くと、主は知らないのかという顔を向けてきた。知っていて当然だという目つきだった。

「この宿場にある大國魂神社《おおくにたま》のことでございます。武蔵国《むさしのくに》の鎮守《ちんじゅ》様で、小野大神《おののおおかみ》・小河大神《おがわのおおかみ》・氷川大神《ひかわのおおかみ》・秩父大神《ちちぶのおおかみ》・金佐奈大神《かなさなのおおかみ》・杉山大神《すぎやまのおおかみ》を祀ってあるんで。お客さんは土地の人じゃございませんね」

「ああ、旅人だ。これから江戸へ向かう途中でな。雨に祟られて足止めを食ってんだ」

「そりゃあご苦労様です。でも、お気をつけください。なんでも怖ろしい七人の賊がうろついているといいます。道場を破って女子供を殺し、金を盗んでいるそうで……」

種次はヒクッとこめかみの皮膚を動かしたが、

「とんだならず者じゃねえか。気をつけねえとな」

と、しらばくれた。

「ほんとうに、物騒なことです。その人殺しの盗賊を追っているお侍から聞いたんですが、世の中にはとんだ人でなしがいるもんですね」

「その侍はどこにいるんだ？」

「さあ、どこでしょう。お客さんと同じように草鞋を買ってくださり、出て行かれました」

「そりゃあ、いつのことだ？」

「さあ、雨が降る前でしたかね。ひょっとしてお知り合いで……」

主は興味深そうな顔をした。

「いや、捜している人がいるんで、もしやと思ったんだ。ま、ありがとうよ」

「そいつぁ、雨が降る前に来て、どっちへ行ったんだ？」

話を聞いた仁五郎は種次をのぞき込むように見た。

「それは聞きませんでした」

「ひとりだったのか？」

「じゃ、ないでしょうか……」

種次は自信なさそうに答える。

「どんな侍だったか、わからぬのだな」

勘助だった。

「それも聞きませんで……」

「仁五郎さん、その侍はおれたちのことを追っているんだ。おれたちが七人だというのも知っている。千人同心から知らせを受けた幕府の捕り方かもしれぬ。派手にやり過ぎたせいだ」

仁五郎は勘助をにらむように見た。おれのせいだといいてェのかと、言葉を返そうとしたが、勘助がすぐに口を開いた。

「その侍が何者か、まずは調べる必要がある。道場の門弟か道場主の知り合いということもある。それからひとりなのか、他に仲間がいるのかもだ」

「どうやって調べる?」

仁五郎が問うと、勘助は雨の降りつづいている表を短く眺めた。すでに表は暗くなっている。

「この宿場を通り過ぎていればいいが、雨が降る前に履物屋に立ち寄ったのであれば、まだ近くの旅籠にいるかもしれぬ」

「それじゃ、旅籠を調べますか？」

蝦蟇《がま》面《づら》の壮助だった。

「旅籠を調べれば、やぶ蛇《へび》になるかもしれぬ」

「ならばどうするってんだ」

仁五郎は勘助をまっすぐ見た。

自分はそこそこの知恵者だと思っているが、勘助はもっと思慮深い。だから、こういうときには勘助の考えが気になる。

「自ら災《わざわ》いを呼ぶべきではなかろう。だが、相手のことをひそかに探るのは肝要《かんよう》だ」

みんな黙り込んだ。

静かな沈黙。雨音だけが客間を包む。

「よし、探るんだ」

口を開いたのは仁五郎だった。それからゆっくり仲間を眺め、勝太に目を留めた。五尺に満たない背丈だし、凡庸《ぼんよう》な顔なので仲間内では一番目立たない男だ。

「勝太、おまえが探ってこい。みんなで動けば、小野寺さんがいうように、おれたちのことを相手に教えるようなもんだ。ここはおまえが頼みだ」

「で、どこへ行ってどうすりゃいいんです?」

勝太は目をしばたたかせる。

「まだ開いている店があるはずだ。そこへ行って、とぼけ面《づら》して種次が聞いたという侍を見たかどうか訊ねるんだ。おれたちのことはおくびにも出すんじゃねえ」

「へえ」

「要領よくやれ。それぐらいできるだろう」

「まあ……」

勝太は頼りない返事をして客間を出て行った。

「あの野郎で大丈夫ですかね」

小三郎だった。仲間内ではもっとも体が大きい。六尺はあろうかという偉丈《いじよう》夫《ふ》だ。

「やつにまかせるしかねえ」

仁五郎は扇子《せんす》を抜いてあおぎながら、雨の降りつづく表を眺めた。

「相手がひとりなら、とっ捕まえてどういう了見《りようけん》なのか聞いて締めあげるか」

「仲間がいたらどうします？」

小三郎が仁五郎に訊ねる。

答えたのは勘助だった。

「無駄な騒ぎは避けたほうがいい。相手の数が多ければ、おれたちは静かにこの宿場を立ち去るだけだ」

「……それでいいだろう」

応じたのは仁五郎だった。

二

「おっかさん、また来てるわ」

寿々のいる奥の間の障子が開けられ、お琴がこわばった顔をのぞかせた。

「来てるって、昨日の二人組かい？」

「そう。何だか女中たちも気味悪がっているんだけど……」

「まだいるの？」

寿々は立ちあがりながら聞いた。

「店の角にいるわ。二階から見ることができるかもしれない」

お琴が声をひそめていう。

寿々は奥の間を出ると、二階にあがった。あとからお琴もついてくる。

「どこ……」

寿々はそっと窓障子を細く開けて表を見た。すっかり深い闇に塗り込められている。霧雨《きりさめ》が降り注いでいて、漏れるあかりに雨粒が浮かんで見えた。

「あそこよ。ほら、いるでしょう」

お琴が肩越しに二人組の男のいるほうを指さした。

寿々は目を凝らした。たしかに黒い影が二つある。ひとりは太った侍で、もうひとりは侍ではなく、股引《ももひき》に膝切りの着物姿だ。

「何をしているんだろう？」

「昨夜《ゆうべ》もあの辺でうちの店の様子を見ていたらしいの。ひょっとして、菊屋さんの……」

お琴は言葉を呑んだ。

寿々もそうかもしれないと危惧《きぐ》した。しかし、なぜうちの店を見張るように立っているのかがわからない。

奉公人を襲うつもりなら、まだ時刻が早い。店の終わりは五つ半（午後九時）

で、通いの奉公人が帰るのは、四つ（午後十時）過ぎだ。

やがて二人の男は間もなく背を向けて立ち去り、闇のなかに消えていった。

「いったい誰なのかしら」

寿々はつぶやきながらも、立ち去った二人組に不気味さを感じた。

もし、信吉や天助に襲いかかった災いが、他の奉公人に及ぶようなことがあったらと思うと不安になる。

「うちの店に入るための下見なら一度でいいはずなのに……」

お琴は心底不安げである。

「悪さをするようには見えなかったけど、気色悪いわね。親分に頼もうか……」

寿々の言葉に、お琴がさっと顔を振り向けて、それがいいという。

「それじゃ親分を呼びにやっておくれ。宇兵衛《うへえ》に頼めばいいよ」

「わかったわ。そうする」

「あ、待って。親分が来たら、わたしの部屋に案内してちょうだい」

お琴はうなずいて階段を下りていった。

寿々はもう一度窓から表を眺めた。先ほどの二人組の姿はすでにない。

一階に下り、自分の部屋に入った寿々は、お琴に余計なことを話してしまったのではないかと、かすかに後悔した。

しかし、ことは店が乗っ取られるかどうかの危機である。実際、店を切りまわしているお琴に話しておくのは筋だった。

茶を飲んでいると、惣三郎《そうざぶろう》という町の岡っ引きがやってきた。

「なんだい。折り入っての話があるそうじゃねえか」

「お久しぶりですね」

「何をいってやがる。おりゃあ、ちょこちょこおめえさんを見ているぜ。で、なんだい？」

惣三郎は中肉中背で眉がうすく、鼠《ねずみ》のように耳が大きい。

寿々は茶を淹《い》れながら、ちょいと気になることがあるんだと切り出した。

「気になること……」

「昨日かららしいんだけど、変な二人組がこの店のまわりをうろついているんだよ。さっきもこの近くで店の様子を窺《うかが》っていたんですよ。天助や信吉のことがあるから気味悪くってね。どうぞ」

寿々は惣三郎に茶をわたした。

「何か悪さでもされたのかい？」

惣三郎はずるっと音を立てて茶を飲む。

「何もされちゃいないけど、うちの奉公人が気味悪がっているから、親分にちょいと見廻ってもらいたいのよ。夜分に申しわけないけど、やってくれないかしら」

寿々はそういったあとで、ちり紙に包んでおいた心付けをわたした。

「そういうことか。いいだろう。悪さをするようなやつだったら、番屋にしょっ引いて話を聞くことにするよ」

「お願いします。二、三日、様子を見てくれないかしら」

「お安いご用だ。扇屋の大女将からの頼みとあらァ、放っちゃおけねえからな」

心付けが利いたらしく、惣三郎は調子がいい。

「では頼みましたよ」

惣三郎はすぐに店を出て行ったが、小半刻（三十分）ほどで戻ってきた。あやしげなやつは誰もいないという。

「それならそれでいいんだけど、明日もちょいとお願いします」

寿々が再度頼むと、惣三郎はまかせておけと請け合い、その夜は帰っていった。

店はそろそろ仕舞いで、三味《しゃみ》や琴の音もやんでおり、店の戸口のほうからにぎやかな声が聞こえてきた。客の声と送り出す女中たちの声である。

やがてその声が静まると、寿々は番頭の徳蔵《とくぞう》を呼んで、

「板前にも仲居たちにも、ひとりで帰らないようにいってください。天助と信吉のことがありますし、店の近くをうろついている男がいるといいますから。番頭さん、あなたも気をつけてくださいな」

と、注意を与えた。

「へえへえ、十分に気をつけます。板前と仲居たちにはよくよくいい聞かせましょう」

「お願いします。ご苦労様でしたね」

「では、これで」

徳蔵は頭を下げて去っていった。

ひとりになった寿々は、ぼんやりと壁の一点を見つめて兼四郎のことを考えた。頼りになる人がいるから話してみるといってくれたが、その後どうなったのか気になる。「いろは屋」には、頼んだことをせっつくような気がするから、あのあと顔を出していないが、そろそろ伺いを立てに行こうかと思った。

ジジッと行灯の芯《しん》が鳴って、ふっとあかりが消えたのはそのときだった。

（ま、なんて間の悪い）

寿々はそばにある手燭《てしょく》に火を点《とも》して、行灯をつけ直した。

三

「勝太の野郎、ずいぶん遅いな」

ちびちびと酒を嘗めるように飲んでいた仁五郎が、障子を開け放している廊下のほうに目を注いだ。

勘助も勝太の帰りが遅いのを気にしていた。もしや、追って来ている侍に捕まったのではないかと危惧もする。

もし捕まっていれば、拷問《ごうもん》を受けて洗いざらいしゃべるかもしれない。そうなると、自分たちに手が及ぶのはあっという間だろう。

だが、そのことは口にしなかった。勝太は念入りに探りを入れているのかもしれない。それに、勘助はときどき表の様子を窺ってもいた。

暗闇のなかに不審な動きはない。ただ、弱くなった雨が降りつづいているだけだ。ときどき、遠くで稲光《いなびかり》と雷鳴がしたが、府中宿に近づいては来なかった。

「おい、起きろ」

突然、仁五郎が眠りこけている小三郎の足を蹴った。

「なんです」

小三郎は大きな体を起こし、眠そうな目を太い腕でしごくように拭った。

「勝太の帰りが遅いんだ。まさか、捕まったんじゃないだろうな」

「誰にです?」

小三郎は頓馬《とんま》なことを口にする。

「おれたちを捜している侍だ。ひとりなのか、そうでないのかまだわからねえんだ。気を抜いて寝てる場合か」

「そういうことですか……」

小三郎は隣の部屋で休んでいる他の仲間を見る。種次も壮助も鼾《いびき》を掻《か》いていた。鼻糞の利蔵は柱にもたれて舟を漕《こ》いでいる。

「こいつらも起こしますか」

小三郎はそういって仁五郎を見た。

「いざというときに備えて、そいつらは寝かしておけ」

「割りを食うのはおれだけか」

小三郎はぼやいてから、のそりと立ちあがった。

「どこへ行くんだ？」

「小便ですよ」

そのまま小三郎は部屋を出て行った。客間は三間取ってあるが、障子を開け放してぶち抜きの一部屋にしていた。

「小野寺さん」

ふいに仁五郎が話しかけてきた。勘助は黙って仁五郎を見る。

「あんた、もう道場破りはやらないといったな」

「やらぬ」

勘助ははっきり答えて、言葉をついだ。

「ああいうのは道場破りというのではない。仁五郎さんとてわかっているはずだ」

仁五郎はちろっと舌先で厚い唇を嘗め、狼のような目を向けてきた。

勘助はその目に恐れをなす。斬り合っても負ける気はしないが、その前に仁五郎の持つ一種異様な迫力に気圧《けお》されている。

それに、負い目がある。妻子と自分を救ってくれた恩人である。恩義があるゆえに、すんなりと縁を断ち切ることができない。

「そうだな。もうあの手は使わねえさ。それに、ここから先は使えねえだろう。江戸に近づけば近づくほどだ」

仁五郎もわかっているようだ。

田舎の道場なら人目につきにくい。それも宿外れの村にある道場ならなおのことだ。しかし、人の多い江戸はちがう。江戸の近郊もそうであろう。

「だがよ小野寺さん、おれたちゃこれからもうまくやっていかなきゃならねえ。そうだな」

「…………」

「あんたは頭が切れるし、剣の腕もたしかだ。ずっとそばにいてもらいてえ」

勘助は素直に返事ができない。正直なところ、この男と離れたいと思っているのだ。とんだ悪党だったというのも十分にわかった。

「それとも、おれと縁を切るか」

勘助は膝許《ひざもと》に向けていた視線をあげて仁五郎を見た。

「そんな面しているよ。そういう目だ」

「…………」

「おれがあんたの助《すけ》をしたのを忘れられちゃ困るぜ。あんたの女房と子供は、あのとき助かったんだ」

痛いところを突いてきやがる。勘助は懐《ふところ》に手を差し入れ、胡桃をつかんだ。カリカリと小さく鳴らす。

「うまく追っ手から逃れることができた。そして女房子供と水入らずの暮らしができるようになった」

たしかにそうである。期間は短かったが、あのときは真の幸福感を味わうことができた。妻も子も病で死んでしまったが、たとえ短い期間であっても、それは仁五郎の世話があったればこそなのだ。

「小野寺さん、もう少し付き合ってくれ。あんたも自分のやりたいことがあるだろう。おれとはちがう人間だというのは端《はな》からわかってんだ」

勘助は無言のまま仁五郎を見た。

「おれは江戸へ行ったら金を儲ける。がっぽりとな。一生不自由しねえほどの金を稼ぐ。あんたにもたんまり払ってやる。そのときが別れのときだ。こいつらとも、そうだ」

仁五郎は隣の客間で眠りこけている仲間を見ていった。

勘助はそれはいつになるのだと思う。同時に、仁五郎がいう別れのときまで付き合ってやるしかないのかと思いもする。仁五郎に対する恩義を忘れることはできない。

「あと三月《みつき》、長くても半年だ。それまでの付き合いだ」

勘助は仁五郎を見つめて、あらためて思いを決めた。

半年までなら付き合おう。それで縁を断ち切ることができるのなら、それまでの辛抱《しんぼう》だ。

「承知した」

勘助がしんみりした顔で答えたとき、廊下に慌ただしい足音があり、勝太と、厠《かわや》に行っていた小三郎がいっしょに戻ってきた。

「どうだったい？」

仁五郎は早速勝太に聞いた。

「種次のいった侍はどこへ行っても見つからねえし、どうもわからねえんです。近くの履物屋の親爺にも話を聞きましたがね、そんな侍はどこにもいません」

「つまり、おれたちを捜してる侍は、この宿場にはいねェってことだな」

「そういうことでしょう」

仁五郎は安心したように大きく嘆息《たんそく》して言葉をついだ。

「小野寺さん、そういうことだ。もう一杯やって寝ることにしようじゃねえか」

四

兼四郎は六兵衛《ろくべえ》という砂川村《すながわむら》（現・立川市《たちかわし》）の百姓の家から出立するところだった。

「無理を聞いてもらい、世話になった。礼を申す」

六兵衛は女房と戸口の外まで出てきて、兼四郎を見送ってくれた。

兼四郎は二人に背を向け、青梅街道へ向かった。

昨日、日野から小川村へ向かったのだが、賊の足取りはつかめなかった。

その上、突然の雨に降られ、砂川村で雨宿りした。

そのうち日が暮れたので、近所の百姓家に一晩だけ泊めてくれと頼むと、快《こころよ》く受けてくれた。それが六兵衛の家だった。

六兵衛夫婦は親切にもてなしてくれたが、賊のことは何も知らなかった。同じ村の者に聞いてもらったが、やはり賊を知っている者はいなかった。

兼四郎は、仁五郎たちはこの村を素通りして、小川村へ向かったと考え、六兵衛の家を早く出立したのだ。

まだ東の空が白みはじめたばかりで、林のなかで鳥たちがようやくさえずりはじめていた。昨夜の雨で道はぬかるみ、道端の草は雨を吸って萎《しお》れていた。

それは砂川村の外れにある粗末《そまつ》な茶屋の前を通り過ぎようとしたときだった。

「名主の家で皆殺しがあったなんて、いったい誰がそんなひどいことをするんだろうね」

床几を出している女房が、そんなことをいったのだ。

「荒れた世の中だ。畜生《ちくしょう》に化けるやつがいるんだろう」

亭主が葦簀《よしず》を立てかけながら答えた。

「しばらく」

兼四郎が声をかけると、夫婦が顔を向けてきた。

「いま話をしていたことだが、どこで起きたのだ? わたしは八雲兼四郎という者だ。ほうぼうで狼藉《ろうぜき》をはたらいて逃げている七人組の賊を追っているのだが、いまの話、聞かせてくれぬか」

夫婦は互いの顔を見合わせたあとで、亭主のほうが口を開いた。

「小川村の名主一家が襲われたらしいんです。この村の組頭をやっている次助《じすけ》さんが、野良仕事に行く前に立ち寄って教えてくれたんです」

亭主は近くに広がる畑の先のほうを見て、兼四郎に顔を戻した。

「賊は七人だったのではないか」

亭主は首をかしげる。そこまでは聞いていないようだ。

「それで、名主一家が襲われたのはいつのことだ？」

「昨日あったばかりだと聞きました。いえ、細かいことまで知りませんが」

亭主は捻《ねじ》り鉢《はち》巻《ま》きにしていた手拭いを解《ほど》き、申しわけなさそうに眉尻《まゆじり》を下げた。

「その凶事は、たしかに小川村で起きたのだな」

兼四郎はやってきたばかりの道を振り返った。

「そう聞いています」

亭主が答えるより先に、兼四郎は先を急いだ。小川村までさほどの距離ではない。

名主一家を殺したのは、おそらく不動の仁五郎一味の仕業と考えていい。そうでなくてもたしかめるべきだった。

歩くうちにあたりがようようとあかるくなり、鳥たちの声が高くなってきた。

雲間を抜けた朝日がさあっと大地にのびてきて、雨に濡れている木々の葉を光らせた。

半刻（一時間）とかからず、小川村の町屋ともいえぬ町屋に着いた。十数軒の小店《こだな》が往還の両側に並んでいる村の中心地だ。

どの店も古色蒼然《こしょくそうぜん》としており、戸口は継《つ》ぎ接《は》ぎだらけで、屋根は傾き、戸板には破れ目があった。それでも細々とした商《あきな》いをやっているのだ。

「つかぬことを訊ねるが、この村の名主一家が襲われたと聞いた。事情を知らぬか？」

声をかけたのは、小間物といっしょに飴や菓子を売っている店の主だった。

「へえ、もうその話で昨日から大変な騒ぎなんです」

主は蛸《たこ》のように口をすぼめて答えた。

「誰に襲われたかわかっているのか？」

「話じゃ、この先にある空き店に寝泊まりしていた男たちだということです」

「その空き店は？」

「酢醤油屋だったんですけど夜逃げして、誰も住んでいない店です。ここから三軒目ですよ」

「襲われた名主の家はどこだ？」

「この北側にある坂道をちょいと上っていきますと、石垣を高く積んだ家があります。そこが名主の家です」

兼四郎は店の主に礼をいって、酢醤油屋だった空き店へ行った。戸は開け放してあったので、そのままなかに入った。畳を敷いてある座敷に、いくつもの丼《どんぶり》や徳利などが転がっていた。

畳はささくれじめつき、埃《ほこり》がたまっていたが、そこに人のいた形跡を見ることができた。さらに台所には衣かつぎの食べかすや、飯粒《めしつぶ》のついた茶碗が無造作に置かれていた。丼や茶碗の数から、何人の人間がいたのか見当がついた。

（おそらく七人。賊であろう）

そう推量《すいりよう》して目を光らせたとき、

「何をしているんです？」

突然、声をかけられた。兼四郎はビクッとして戸口を見た。

二人の男がそこに立っていた。百姓の身なりだ。

「あやしい者ではない。わたしは賊を追っている者だ。この村の名主一家が殺されたと聞き、駆けつけたのだ」

「ならばお役人様で……」

兼四郎はどう答えようかと短く迷ったが、

「浪人奉行だ」

と、思いきっていった。そのほうがこの場は無難な気がしたからだ。

「へッ、それじゃお役人様なんですね」

「おい、お奉行様だ。そうおっしゃったじゃねえか」

背の高いほうが、小太りの男を窘《たしな》めた。「浪人奉行」というのは、もちろん仮の名である。その呼称を考えたのは麴町にある栖岸院《せいがんいん》の住職、隆観《りゅうかん》だった。

「どうかお助けください。どうしたらよいかわからないんです」

小太りは土間に入ってきた。

「この店に賊がいたと聞いたが……」

「へえ、ここは空き店でして、おそらく名主を襲った男たちが勝手に使っていたんでしょう」

「近寄りたくない男ばかりでした」

背の高いほうが言葉を添え、それから慌てたように、自分は村の肝煎《きもいり》で、小太りのほうが組頭だと紹介した。

襲われたのは市兵衛という名主の家で、七人の男女が犠牲になっていた。

「名主の家に案内を頼む」

兼四郎はこの目で凶行があった現場を見ておきたかった。

肝煎と組頭は請われるまま、名主の家に案内してくれた。犠牲になった七人の遺体は、筵《むしろ》をかけられて庭に置かれていた。肝煎が今日のうちに埋葬するのだという。

兼四郎は家のなかに入って、様子を見ていった。名主の家らしく、調度の品が揃っている。普段は小ぎれいにしてあるのだろうが、壁や障子には血痕《けっこん》が走り、畳は血を吸っていた。襖《ふすま》や障子が倒れ、金箱がひっくり返っていた。

目をつむるだけで、阿鼻叫喚《あびきょうかん》の地獄絵図が頭に浮かんできた。

「賊は金を盗んだようだな」

兼四郎は空っぽの金箱を見ていった。

「いくら入っていたか知りませんが、財布《さいふ》も盗まれたようです。人を殺して、金を盗んでいったんです」

組頭が声だけでなく体までふるわせた。

「お奉行様、許せることじゃありませんよ。人間のすることじゃありませんよ」

肝煎が泣きそうな顔をした。

「賊を見た者はおらぬか？」

「おります。さっきの空き店の隣にある酒屋の者が見ています」

兼四郎は早速その酒屋を訪ねた。組頭と肝煎もついてきた。

酒屋は不動の仁五郎らがいたであろう空き店のすぐ隣にあった。

「七人です。大きな男から、こんなに小さな男までいました」

酒屋の主は身振り手振りを交えて説明した。

「それから二本差しの侍がひとりいました。威張《いば》っていたのは、総髪で心持ち鼻が高く、右目の脇に小豆大の黒子《ほくろ》がある男でした。そうそう、唇が厚かったのを覚えています。あとはよく見ていませんが……みんな長脇差を腰に差していました」

「侍はどんな顔で、どんな身なりだった？」

「年は三十ぐらいでしょうか、目鼻立ちがはっきりしていました。背はお奉行様より低かったと思います。痩《や》せても太ってもいませんでした」

「そやつらがどの方角へ行ったかわからぬか？」

「東のほうへ歩いて行ったのは見ていますが、その先のことはわかりません」

兼四郎は街道の東へ目を向けた。江戸の方角である。

（やはり、江戸へ向かったのか……）

兼四郎は心中でつぶやいた。

「それで、いかがされるんです？」

小太りの組頭が聞いてきた。

「賊を追うしかない」

兼四郎は答えるが早いか、もう歩きだしていた。賊のことは朧気《おぼろげ》ながらわかったが、春之助のことはわからずじまいである。

（あやつ、いったいどこへ行ったのだ）

遠くに浮かぶ雲を見ながら、瞼《まぶた》の裏に春之助の顔を浮かべた。

街道を東へ辿ると、三体の地蔵堂の前で女と七、八歳とおぼしき男の子がしゃがんだまま手を合わせていた。すぐそばに脇道があり、南の方角に延びていた。

「もし」

立ち止まった兼四郎は、二人の背後から声をかけた。

さっと男の子が振り返り、利《き》かん気の強そうな目を向けてきた。女も振り返ったが、片目がつぶれたように腫《は》れていた。

「つかぬことを訊ねるが、七人の男を見なかっただろうか。ひとりは侍だが、他は流れ者風情だ」

ふたりは黙っていた。

「おそらく昨日のことだが、この道を通っているはずなのだ」

「見た」

男の子が答えた。継ぎ接ぎだらけの襤褸《ぼろ》を着ており、裸足で、黒い顔には泥がついていた。髪はボサボサだ。

「それは七人だったのだな？」

男の子は「うん」と、うなずいた。

「そやつらはどっちへ行った」

「あっち」

男の子は首をまわして、脇道の遠くを指さした。南の方角である。

「大きな大人と、小さな大人がいた。侍もいた」

男の子は付け足した。襤褸を纏い、顔も汚れているが、瞳は黒く澄んでいた。

「いつ見た？」

「昨日、雨が降る前。夕方に近かった」

不動の仁五郎たちに相違ないだろう。

「坊や、ありがとう。これを取っておけ」

兼四郎は急いで懐から小粒二枚をつまみ出して、男の子の手ににぎらせた。とたん、目をしばたたかせて怪訝《けげん》そうに見てくる。

「遠慮はいらぬ。恩に着る」

兼四郎はそのまま脇道に入って先を急いだ。

五

小野寺勘助は広座敷で朝餉を取ると、旅籠の表に出た。

甲州道中沿いに旅籠や商家が並んでいる。だが、どの店も煤《すす》けたようにくすんでいる。真新しい店は、東のほうに一軒あるだけだった。看板に「するが屋」とある。旅籠のようだ。

府中宿は東から新宿《しんしゆく》、番場宿《ばんばしゆく》、本町《ほんちよう》でなっており、町並みは東西に十一町ほどだ。火事が本町で発生し、宿場の半分以上に被害をもたらしていた。

するが屋はいち早く家屋を建て直したようだが、焼け焦げた残骸《ざんがい》のままになっている店が多くあった。

朝の空気は清涼で、風も雲もめっきり秋めいている。往還を行き交う人の数は少ないが、まだ朝の早い時刻だからであろう。

勘助は表通りから裏道に入った。田畑が広がっている。畦道《あぜみち》には彼岸花が咲き、稲穂が風に吹かれて波のようにうねっていた。雑木林の丘や竹林がところどころにあり、百姓家が点在している。

（あと三月、長くて半年……）

勘助は歩きながら胸中《きょうちゅう》でつぶやく。

昨夜、仁五郎は自分との付き合いの日限《ひぎ》りを口にした。三月なら我慢できようが、半年は長すぎると思う。

しかし、仁五郎には恩義がある。それを忘れるわけにはいかない。

（されど……）

勘助は足を止めた。

これ以上、仁五郎の悪逆非道《あくぎやくひどう》な行いには付き合いきれない。

仁五郎が本性をあらわしたのは、八王子宿に入る村でのことだった。

それまでの仁五郎は在方を流れ歩く乱暴者に過ぎなかった。その悪事のほとんどは、地方に根を張る博徒一家との抗争と恐喝であった。

博徒一家といざこざを起こしても、仁五郎は持ち前の度胸と迫力で、相手を抑えつけた。恐喝はしても相手を傷つけることはなかった。

だが、あのときはちがった。

――これからは、やわなことをやってちゃ渡世《とせい》はできねえ。

そういってから、一家五人が住む百姓家に押し入った。さんざん主夫婦を脅したあとで、

――おれたちに、まだ逆らうようなことをいいやがる。わかってねえな。

というが早いか、亭主の胸をいともあっさり突き刺して殺したのだ。それに驚いた女房が狂わんばかりの悲鳴をあげた。

それも仁五郎の気に入らぬことで、蝦蟇面の壮助に、殺せと首を振って命じた。壮助はたじろぎ躊躇い、できないと首を振ったが、やるんだと強く命じた。やらなければおまえを殺すと脅しもした。

壮助は息を呑み、黒い顔を青ざめさせながらも、女房の首を撥《は》ね斬った。倅と二人の娘が残っていたが、この三人にも慈悲《じひ》は与えなかった。

生かしておけば、いずれおれたちの命が狙われるといって、大男の小三郎に顔《がん》色《しょく》を失いふるえあがっている倅を殺させた。

娘二人は他の仲間が強姦し、男の欲を満たしたところで胸や腹を刺して殺した。勘助は「やめろ」と止めに入ったが、その前に仁五郎が立ち塞がった。

――おれのやり方に文句があるなら、おれを殺すんだ。

そういって仁五郎はにらんできた。

勘助はできなかった。じっと仁五郎とにらみ合ったまま、二人の娘の悲鳴を聞きつづけていた。二人の娘は上が十六歳で下が十三歳だった。

あのときから、仁五郎はおのれの残虐《ざんぎゃく》さを隠さなくなった。無慈悲で、煩悩《ぼんのう》の赴《おもむ》くままに生きる男。それが不動の仁五郎の正体だった。

(おれは道を誤《あやま》っている)

勘助はおのれの選択を悔いるが、仁五郎をあっさり裏切ることができない。その相克《そうこく》に頭を悩ませているのだった。

六所宮をひとめぐりして旅籠に戻ると、仁五郎たちは客座敷に引き取っていた。旅支度をしているのではないかと思っていたが、のんびりと休んでいる。

「江戸に向かうのではないのか……」

勘助は煙草を喫《の》んでいる仁五郎に問うた。

「気が変わった。やはり、この宿場にはおれたちを追っている侍がいるようだ。

ひとりなのか、もっと多いのかそれはわからねえが、放っておけねえ」

「……なにを考えている？」

勘助は仁五郎の前に腰を下ろした。

「このままそいつらから隠れるように江戸に向かったとしても、いつかその侍はおれたちのことを知るだろう。そうなりゃ面倒だ。いずれこの旅籠にやってきてあれこれ訊ねるはずだ。旅籠の連中に口止めしたところで、口に戸は立てられねえだろう」

「その侍のことがわかったのか？」

「もう一度、勝太と利蔵に探りに行かせた。じき戻ってくるだろうが、居所がわかりゃ、こっちから乗り込むまでだ。小野寺さん、そのときゃあんたの出番だ」

仁五郎はすぱっと紫煙を吹くと、灰吹きに煙管を打ちつけた。

勘助は黙り込んだ。

また人を殺すことになるかもしれないと、内心でため息をつく。

廊下から慌ただしい足音が近づいてきたのは、それから間もなくのことだった。

「仁五郎さん」

息せき切って客間に戻ってきたのは、小男の勝太だった。

「わかったか？」

「へえ、相手はどうもひとりのようです。聞いたところ役人じゃねえですね」

「役人でもねえのに、なんでおれたちのことを捜してやがんだ」

「さあ、それは……」

勝太は首をかしげた。

「それで、そいつはどこにいる？」

「宿場女郎を放り込む称名寺《しようみようじ》って寺のすぐそばです。百姓の家ですが、その百姓は近所の連中に剣術を教えていたらしいんで、郷士でしょう」

「そいつの名前は？」

わからないと勝太は首を振った。

仁五郎は視線を短く泳がせると、

「相手がひとりなら恐れるこたァねえ。野郎ども、これから乗り込むぜ」

と腰をあげた。

六

「賊の狙いは金のはずです。日野宿からどこへ行ったかわかりませんが、いずれこの宿場にあらわれるかもしれません」

倉持春之助は戸口に立った大山茂兵衛《おおやまもへえ》を振り返った。朝日が老いた茂兵衛の顔にあたっていた。

「喜左衛門が倒されたのだ。そなたも十分お気をつけくだされ。それで、これからどこへ行かれる？」

「とりあえず、この宿場を見廻ってから決めようと思いまする。とにかくお世話になりました」

春之助は茂兵衛に頭を下げると、背を向けて表の道へ向かった。

茂兵衛は賊に襲われた岸谷道場の師範、喜左衛門の師匠格で、元千人同心だった。

膝を悪くし、齢《よわい》も六十になっていたので隠居をしているのだ。

春之助は茂兵衛のことを、喜左衛門が存命中に聞いており、此度《こたび》の賊の一件が片づいたら、是が非でも知らせなければならないと思っていた。

しかし、賊の追跡に手間取り、手掛かりをつかめぬまま府中宿に戻ってきたので、どうせならばと茂兵衛を訪ねて岸谷道場の一件を知らせたのだ。

茂兵衛は岸谷喜左衛門とその家族の死を心底悼《いた》み、もっと話を聞かせてくれといって、春之助を家に泊めてくれたのだった。

称名寺の裏手から細い道を辿った。番場宿の北側である。

昨日、春之助は府中宿に入ると、数軒の店に聞き込みをかけたが、賊の手掛かりはつかめずじまいであった。賊が布田宿に入った気配がなかったので、引き返してきたのだが、府中宿も同じであった。

ならば賊は表通りではなく、裏通りを使ったのかもしれないと考えた。また、宿場の中心地である町屋を避けているのではないかと推量もした。

だからいま、宿場から少し離れたところで聞き調べをしようと思ったのだ。しかし、目についた百姓の家を数軒訪ねてみても、賊を見たという者はいなかった。

（府中には来ておらぬのか……）

落胆しかけたが、街道の南側にあたる本町にも聞き込みをかけるべきだと思い直し、いったん甲州道中に出た。

そこは番場宿の外れ、弁慶坂《べんけいざか》の下だった。一度、往還を眺め、それから高札場《こうさつば》のある札の辻までやってきた。ここが宿場の中心地である。

春之助はしばし立ち止まり、鉤《かぎ》の手になっている道へ足を進めた。これは鎌倉街道で、町並みは少し寂しくなる。本町と呼ばれるのが、その辺一帯だ。

目についた店に入り、同じことを聞いていくが、やはり賊を見たという者はいなかった。問われる店の者は、その賊はどんな悪さをしたのだと聞き返してきた。

春之助は八王子での一件を話し、十分気をつけるようにと警告して、来た道を引き返した。

にわかに風が強くなったのはその頃で、周囲の林がざわつき、乾きはじめた地面が土埃を舞いあげた。

札の辻まで戻り、そのまま新宿のほうへ足を向けた。商家の古びた暖簾が翻《ひるがえ》り、立てかけられていた葦簀が倒れた。

それは、六所宮の門前が近づいたときだった。

左側の道から数人の男たちがあらわれた。見るからに無頼漢《ぶらいかん》である。長脇差に着流し、草鞋ばきに手甲脚絆《てっこうきゃはん》。

男たちは全員で七人。ひとりだけ二本差しの侍がいた。

（あやつらか……）

春之助は口を引き結んだ。臍下《せいか》に力を入れ、懐から襷《たすき》を取り出して手際よく掛けた。その所作を見た男たちの足が止まり、春之助を注視してきた。

春之助は足を止めなかった。男たちとの距離が徐々に詰まる。目の前の男たちが賊だと決めつけるものは何もない。

あるとすれば、賊が七人だったということのみだ。

春之助が知っているのはそれだけである。

七人の男たちが道を塞ぐように横に広がった。六尺はあろうかという男がいれば、五尺にも満たない寸足らずの男もいる。

そして、中央に立つのが炯々と目を光らせている総髪の男である。傍には二本差しの侍がいる。中央の男は群青色《ぐんじょういろ》の羽織を着ているが、その男と侍以外の者は着流しに尻《しり》っ端《ぱし》折《よ》りというなりである。

「訊ねたいことがある」

間合い四間ほどになったとき、春之助は立ち止まって誰にともなく声をかけた。

「なんだい？」

中央にいる総髪の男だった。

殺気だった目を向けてくる。他の者たちは険悪な空気を身に纏っている。

「わたしは八王子に道場を構えている倉持春之助と申す。そのほう ら、八王子にある岸谷道場、門脇道場、沢村道場を知っておらぬか？」

春之助はまばたきもせずに目の前の総髪の男を凝視した。鼻梁が高く唇が厚い。炯々と光る鋭い目が背筋を冷たくさせる。春之助はゾクリとしたふるえを覚えそうになった。

「知らねえな。知っていたらどうなるんだい？」

男は権高《けんだか》に問い返してきた。

「わたしがいま口にした道場は、ある賊によってつぶされた。道場主はおろか身内の者までなぶり殺し、金を盗んで逃げている。その賊の数は七人。もし、お手前らがそうであるなら成敗しなければならぬ」

中央の男は、ふっと口の端に小馬鹿にしたような笑みを浮かべた。

「そのほうの名は何と申す？　わたしは名乗ったのだ」

「不動の仁五郎。これでいいかい」

「博徒か、それともこの宿場の地廻りか？」

「ひでえことをいいやがる。おれたちゃ旅をしているだけだ。もっとも股旅《またたび》だがな……。どうでもいいが倉持さんとやら、そんなところに立たれちゃ邪魔なんですがね」

「不動の仁五郎、こちらのほうこそ道を塞ぐように横に並ばれては迷惑だ。道をあけてくれぬか」

仁五郎は片手で片頬をするっと撫で、短く考える目をしてから、仲間に顎をしゃくった。

「お侍がお通りだ。譲ってやろうじゃねえか」

仁五郎が右側に移動した。つられて三人が従う。残りの三人は左側にある小間物屋の前に身を移した。

春之助はひとつ息を吐くと、ゆっくり足を進めた。男らは揃って剣呑な目を向けてくる。春之助は殺気を感じていた。

「おぬしら、八王子の道場破りに関わりはないのだな」

間合い三間でもう一度問うた。

仁五郎は無言のまま首を横に振った。

春之助は再び歩きだした。風が羽織の袖をはためかせ、土煙をあげた。男たちをやり過ごしたが、背中に冷たい視線を感じる。

数歩進んだとき、背後で刀の抜かれる音がした。同時に、仁五郎が声をかけてきた。

「待ちなよ、お侍」

春之助は前を向いたまま足を止めた。

刀の柄《つか》にそっと手をやり、ゆっくり振り返った。

「やっちまうんだ！」

仁五郎が声を張りあげたと同時に、大男が斬りかかってきた。

七

春之助は右足を後ろに引きながら抜刀するなり、大男の刀を横へ薙《な》ぎ払った。

返す刀で相手の肩を狙ったが、そこへ別の男が斬り込んできたので、半身をひねってかわす。

七人の男たちは春之助を取り囲むように動いた。

（これでは……）

奥歯を嚙みながら人生最大の危機を感じた。殺《や》られるかもしれないという恐怖と、斬られてたまるかという思いがない交《ま》ぜになった。

仁五郎たちは徐々に間合いを詰めてくる。

春之助は攻防一体の青眼に構えたまま、両目を忙しく動かす。右にも左にも、そして前にも後ろにも敵はいる。

騒ぎに気づいた商家から人が飛び出してくれば、歩いていた行商人や職人も立ち止まって固唾《かたず》を吞んでいた。

「きさまらが八王子の道場を襲った賊なのだな」

春之助は相手の油断を誘うために声をかけた。だが、誰も返事などしない。

飢えた野良犬が獲物を仕留めるような緊張感がみなぎっていた。春之助は刀を動かして、横から撃ちかかってこようとした男を牽制《けんせい》した。

その動きに相手はさっと下がる。と、背後から斬りかかられる気配。春之助はすっと腰を落とすと、刀を弧を描くように振った。

びゅんと刃風《じんぷう》がうなり、汗が飛び散った。

通りを強い風が吹き、土埃が舞いあがる。

すっきりと整った春之助の顔に焦りが生まれる。分が悪すぎる。ひとりを斬れば、その間に背後から斬られそうな恐怖がある。

（どうする……）

警戒の目を周囲に向けながら、この窮地《きゅうち》を脱することを考えるが、名案など浮かびはしない。

「どりゃあ！」

右から斬り込んできた男がいた。

春之助は半身をひねりながら、相手の刀をすり落とすと同時に逆袈裟《ぎゃくけさ》に斬りあげた。刀は相手の袖のあたりを切っただけだった。

すぐさま刀を引き寄せると、正面から突きを送り込んできた男がいた。もういったい誰が誰であるかわからない。

相手の突きをかわすと、片手一本で持った刀を大きくまわしながら斬りにいったが、届かなかった。しかし、横にいた三人の男がひとりになっていた。

春之助はその男との間合いを一気に詰めた。色の黒い蝦蟇面だった。その両目がくわっと大きく見開かれた。春之助は大上段から斬り込んでいった。

キーン！

耳朶《じだ》にひびく鋼《はがね》の音がして、自分の刀が払われた。体の均衡《きんこう》をなくし、片手を地面につきそうになったが、かろうじて堪え、すぐさま構え直した。

蝦蟇面に斬り込んだとき、横合いから刀を払ったのは、ひとりの侍だった。すすっと間合いを詰めてくる。

「小野寺さん、殺っちまうんだ！」

仁五郎が叫ぶように声を張った。

そのことで、目の前の侍の名が小野寺というのがわかった。春之助は忙しく周りに警戒の目を向け、小野寺と対峙《たいじ》した。

（こやつ、できる）

春之助は小野寺の構えと隙のない目を見ると、柄を握り直した。小鬢《こびん》のあたりから、つーっと伝う汗の感触。

春之助は小野寺の出方を待ったが、詰めてこない。

（どうした……）

小野寺はその場を動かなかった。

その代わり、ぴくっと剣先が横に動いた。同時に小野寺の目もそちらに動いた。

（なんだ……）

小野寺の意思が伝わってきた。錯覚かもしれない。だが、横に逃げる余地があった。その先は脇道である。

春之助は瞬時に地を蹴るなり、脱兎《だっと》のごとく駆けた。背後から怒鳴り声が追いかけてくる。だが、春之助は脇の細い道を駆けつづける。

町屋の裏に出ると、さらに村につづく野路を走った。すぐ先に雑木林がある。春之助は道をそれて林のなかに分け入った。

下草を蹴るようにして走り、目の前を遮る木の枝を払って奥に進む。息が切れていた。喘《あえ》ぐような荒い呼吸をしながら、背後を振り返った。

木立《こだち》の隙間に男たちの姿が見えたが、春之助を見失ったらしく、右往左往している。

春之助は大きく息を吐いて吸った。何度も繰り返しながら、首筋を伝う汗を手の甲でぬぐった。

ようやく乱れていた呼吸が収まると、周囲でさえずる鳥の声が耳に入ってきた。

春之助は用心しながら林のなかを進んだ。ときどき立ち止まって、立木の背後に身を隠し、町屋のほうに目を注ぐ。いつしか仁五郎たちの姿は見えなくなっていた。

春之助は安堵《あんど》の吐息をつくと、刀を鞘《さや》に納めて林を抜け出た。しばらく歩いてから、そこが六所宮の裏手だというのを知った。

「喧嘩沙汰《けんかざた》があったらしい」

「いや、おれは見ていたんだ。斬り合いがいきなりはじまったからどうなることかと、ひやひやしながら見ていたんだ」

「で、どうなったんだ？」

「侍が逃げたから、そのあとはわからねえ。みんな追いかけていったからな」

そんなやり取りをしている二人の行商人がいた。

弁慶坂を下りきったところにある茶屋だった。通りかかった兼四郎はヒクッとこめかみを動かして、背後を振り返った。

床几に座って話し込んでいる行商人は、足許に大きな風呂敷《ふろしき》包みを置いていた。

「訊ねるが、いま話していた喧嘩というのはどこで起きたのだ？」

声をかけられた二人は驚いたように、兼四郎に顔を向けてきた。

「この宿場です。六所宮の大門《おおもん》のそばでした」

答えたのは饅頭《まんじゅう》のようにふっくらした顔をしている男だった。

「侍同士の斬り合いだったのか?」

「いいえ、ひとりの侍が六人か七人の男たちとにらみ合っていたかと思ったら、いきなり斬り合いがはじまったんです。男たちっていうのは、どうにも質の悪そうなやくざっぽいやつらでしたよ」

兼四郎は胸を騒がせた。そのやくざらしき男たちを相手にしたのは春之助にちがいない。

「それはいつのことだ?」

「ついさっきです。まだ、小半刻とたっちゃいませんよ」

兼四郎はさっと往還の東に目を向けるや、

「邪魔をした」

と、二人の行商人に告げて足を速めた。

府中宿は八王子に向かうときに通っているが、火事で焼けた商家があちこちにあった。それは江戸寄りの宿場に多く見られた。

急ぎ足で高札場を過ぎ、六所宮の前まで来たが、宿場は平穏《へいおん》である。喧嘩騒ぎがあったようには見えなかった。

兼四郎は近くの店を訪ねると、帳場の男に声をかけた。

「この近くで喧嘩騒ぎがあったと聞いたが、そなたは知っておるか?」

「へえ、すぐそこで起きたことです。見ていました」

兼四郎は帳場に近づいた。

「ひとりの侍が六、七人の男たちを相手にしたと聞いたが、さようか?」

「さようです」

「そやつらはどこへ行った?」

「大勢を相手にしたお侍は逃げましたが、騒ぎを起こした方たちはぞろぞろとすぐ先の旅籠に戻っていきました」

「どこの旅籠だ?」

「このすぐ先にある甲州屋《こうしゅうや》という旅籠です」

兼四郎はキラッと目を光らせた。

第四章　野分《のわき》

一

甲州屋の暖簾をくぐると、帳場に座っていた番頭らしき男がひょいと顔をあげた。心なしか表情はこわばっており、「いらっしゃいませ」という声には警戒心が感じられた。

「客ではない。訊ねるが、ここに不動の仁五郎という男とその仲間が泊まっておらぬか？　それらしきことを聞いたのだが……」

兼四郎は声をひそめていった。すると番頭らしき男も声をひそめて、

「へえ、お泊まりでございましたが、出て行かれました」

と、目をみはって答えた。

「出て行った。いつのことだ？」

「つい先ほどでございます」

「なんだと」

兼四郎は表に顔を向けた。

「あの、みなさん、裏から出て行かれたんです」

兼四郎は番頭らしき男に顔を戻した。

「裏から……」

「はい。お代はちゃんと頂戴いたしましたが……」

兼四郎は何も答えずに表に飛び出すと、脇の細道に入って旅籠の裏手に出た。なだらかな丘陵《きゅうりょう》地帯に田や畑が広がっているだけで、賊らしき影は見えなかった。

目を凝らして近くにある林や遠くの野路に目を注ぐが、やはり仁五郎たちの姿も春之助の姿もなかった。

（どこへ行ったのだ）

内心でつぶやきを漏らすと、甲州屋に戻った。

帳場にいる番頭らしき男は、またびっくりした顔を向けてきた。

「おぬしは番頭か、もしくはこの宿の主であろうか?」

「へえ、主の五右衛門《ごえもん》と申します。もしや、あの方たちのお知り合いで……」

五右衛門という主はぺこぺこ頭を下げ、戦々恐々《せんせんきょうきょう》とした目を向けてくる。廊下に二人の仲居が立っていたが、その二人もおどおどした素振《そぶ》りだ。

「知り合いなどではない。わたしはあやつらを追っている八雲兼四郎という浪人奉行だ」

兼四郎はてらいもなく名乗った。

もう「浪人奉行」と名乗ることに気恥ずかしさはなかった。それに在方でそう名乗ることで、相手の信用を得やすいというのもわかっている。

「お役人様でございましたか」

五右衛門の顔に安堵の色が広がった。

廊下に立っている二人の仲居も胸を撫で下ろしていた。

「あやつらは八王子と日野で道場を襲った人殺しの盗賊だ」

「人殺しの……盗賊……」

五右衛門は目をまるくして驚いた。

「この近くで喧嘩騒ぎがあったらしいが、それもあやつらだったのだな」

「へえ、まったく怖ろしいことです」

「喧嘩の相手はひとりの侍だった。そうだな」

「さようです。でも、相手が悪いと思われたのか、数が多くてかなわないと思われたのか、お逃げになりました」

「仁五郎たちは、その侍を捜しに行ったのではないか？」

「さあ、それは……」

五右衛門は首をかしげた。兼四郎は廊下にいる仲居に目を向けた。

「仁五郎たちがどっちへ行ったか見ておらぬか？」

「六所宮の、もっと南のほうへ行きました」

「六所宮というのは、この宿場にある大きな神社だな」

「はい」

目のぱっちりした三十年増の仲居はうなずいた。

「六所宮の向こうには何がある？」

「何もありません。畑と田があるだけです。その先も百姓の村です」

兼四郎は短く考えて、五右衛門に顔を向けた。

「また、戻ってくるかもしれぬが、もし、倉持春之助という男がここを訪ねてきたら、八雲兼四郎がここで待てといっていたと言付《ことづ》けてくれ」

「倉持様ですか……」

「おそらく仁五郎たちと喧嘩騒ぎを起こしたのは、その倉持だ。悪党ではない。わたしの古い知り合いだ」

「承知しました」

「頼んだ」

兼四郎は甲州屋を出ると、旅籠の裏へまわり、そのまま村につづく道へ足を踏み出した。

風が強く、雲の流れが速い。

西の空が鉛色になっているので、雨が降るのかもしれない。

兼四郎は足を進めながら、六所宮の杜《もり》を眺め、百姓地に目を向けた。農耕馬を引いている百姓がひとり。野良仕事をしている百姓が遠くにひとり。

兼四郎は幅一間もない村道《そんどう》を南へ歩いて行った。

仁五郎たちの姿も、春之助の姿もない。闇雲《やみくも》に歩いても無駄である。六所宮の裏から三町ほど離れた畑で、仕事をしている百姓に声をかけて仁五郎たちのことを聞いた。

「見ました。六、七人で向こうへ行ったと思ったら、しばらくしてこっちに戻ってきて……」

百姓は南のほうを指さし、それから西のほうにある雑木林を指し示し、さらに言葉を足した。

「本町のほうへ歩いて行きました」

「本町……」

「西のほうにある宿場です。あっちですよ」

百姓は汚れた手拭いで汗を拭きながら指さす。

「邪魔をした」

兼四郎は百姓から聞いた方角へ足を向け直した。

府中宿に近づく恰好《かっこう》だ。歩きながら春之助のことを考える。仁五郎たちと一戦交《まじ》えた春之助が、そのまま遁走《とんそう》したとは思えない。

仁五郎たちは春之助を捜しているだろうが、春之助も仁五郎たちを追っているはずだ。ひょっとすると、身を隠してひそかに仁五郎たちの動きを見張っているのかもしれない。

いや、きっと春之助ならそうするはずだ。

兼四郎は春之助の性格をよく知っている。仁五郎たちと立ち合って逃げたのは、分が悪いと感じたからだろうが、だからといってあきらめる男ではない。

（春之助は賊を追っている）

であれば、賊を追うべきだと自分にいい聞かせて足を急がせた。

しばらく行くと南北に走るわりと広い道があった。鎌倉街道である。兼四郎はその道を横切り、本町へ入った。町といっても点々と百姓家がある程度で、数軒の小さな店が肩を寄せあっている。

馬を引いてきた百姓に出会ったので、七人の男たちを見なかったかと聞くと、

「高安寺《こうあんじ》のそばで見ました」

と、答えた。

その寺はどこにあるかと問えば、すぐそこだと、風になびいている竹林の向こう側を指して教えてくれた。

兼四郎は高安寺へ向かった。細い道に入り、右側の墓地を過ぎようとしたときだった。

「待て」

突如、背後から声をかけられ、ビクッと足を止め、刀の柄に手を添えた。

二

「こんなところで何をしておるんだ」

振り返ると、そこに春之助が立っていた。

「なんだ、おぬしだったか」

兼四郎は刀の柄から手を放した。

「なんだではない。何故ここに？」

「おぬしを捜していたのだ。八王子で起きたことは存じておる。おぬしが不動の仁五郎一味を追っていることも知っている」

春之助は片眉《かたまゆ》をピクッと動かした。

「宿場でやつらとひと悶着《もんちゃく》起こしたことも、さっき知った」

「兼四郎、すると八王子へ行ったのか？」

「おぬしの家で一晩世話になった。それより、やつらは？」

「わからぬ。わからぬが、おそらくおれを捜しているはずだ。おれはやつらの動きを見ていた。だが、敵もやるものだ」

「どういうことだ？」

「兼四郎、立ち話をしている場合ではない。こっちへ来い」

春之助は顎をしゃくって兼四郎を墓地に誘い入れ、高安寺の境内《けいだい》に入った。本堂の裏まで来ると、ようやく立ち止まった。

「仁五郎らはどこにいるのだ？」

兼四郎は訊ねた。

「近くにいる。だが、どこにいるかまではわからぬ」

兼四郎は眉宇をひそめた。

「やつらは警戒している。徒党を組んで歩けば目立つし、おれの襲撃を恐れているのだろう。この近くまで来た仁五郎は、仲間を三手に分けた」

「おぬしを捜すためか？」

「おそらくそうだろう」

兼四郎はふっと嘆息した。

「しかし、どうして八王子へ……」

兼四郎は、麹町で八王子にある道場が襲われたという話を聞き、もしや春之助の道場ではないだろうかと考え、居ても立ってもいられなくなり、駆けつけたことをかいつまんで話した。

「どうやって賊の名を知った？」

「襲われた沢村道場の下男が、難を逃れ床下に隠れているときに聞いていたのだ。それからおれは日野宿でも道場が襲われたことを知り、その後、賊の行方《ゆくえ》に見当をつけた。やつらは江戸を目指しているはずだったが、日野から小川村に向かっていた。その村では名主一家を惨殺《ざんさつ》し金を盗んでいる。賊の数もそのときはっきりとわかった」

「するとやつらは小川村へ行き、そして府中にやってきたのか」

「そういうことであろう」

春之助はちっと舌打ちした。

「おれはてっきりやつらが江戸へ入ってしまったと思ったのだ。だから、四谷大木戸の近くまで行ってみたが、一味を見たという者がいない。これはおかしいと思い、甲州道中を引き返してきた。そして、ここ府中まで来て、偶然やつらを知ることになった。それがついさっきのことだ。短いやり取りのあと、機先を制される恰好になったので分が悪く、いったん引き下がって様子を見ることにしたのだ。それにしても、おぬしがここに来るとは思いもよらぬこと」

春之助はそういうと、あらためて兼四郎を眺めた。

「とにもかくにも、おぬしに会えてよかった。これからどうするつもりだ？」

「たわけたことを聞くな。やつらを成敗するに決まっておろう。おぬしが来たのであれば百人力《ひやくにんりき》だ。手伝ってくれるな」

「やつらの非道な行状《ぎようじよう》を知って黙っておられようか。助《すけ》をするも何もない。不動の仁五郎一味に天誅《てんちゆう》を下すだけだ」

「心強いことよ」

春之助はそういって頰《ほお》をゆるめたが、すぐに顔を引き締め、言葉を足した。

「それでいかがする？　やつらがどこにいるのかわからぬのだ」

兼四郎は短く考えた。

「やつらは分かれて動いているのだな」

「そうだ」

「やつらの顔を知っているか？」

「仁五郎と、小野寺という浪人らしき男の顔はわかる」

「他のやつのことは……」

「はっきりとは覚えておらぬ」

兼四郎は強い風にざわめく竹林と、その上に広がる空を見た。

　空は曇りはじめている。

「やつらは甲州屋という旅籠に泊まっていた。その旅籠の者は仁五郎らを覚えている。まずは旅籠の者たちから話を聞いておこう。賊は七人だが、他にも仲間がいたらことだ」

「その旅籠に、やつらが戻っていたらいかがする？」

「それはないはずだ。おぬしと斬り合ったあとで、すぐに旅籠を引き払っている。戻っては来ないだろう。用心は怠《おこた》れぬが、行ってみよう」

　兼四郎は編笠を被ると、春之助をうながした。

　高安寺の北側にある小さな町家を抜け、番場宿に入り、甲州道中に出た。往還を行き交う人は少ない。少ない商家も忙しそうにはしていなかった。それだけに兼四郎は周囲に警戒の目を配った。顔は編笠で見えないようにしている。また、仁五郎らに顔を見られている春之助も、高安寺そばの店で菅笠を求めて被っていた。二人とも野袴《のばかま》に打っ裂き羽織《ぶさばおり》、手甲脚絆という身なりだ。

「は、これは……」

　甲州屋の暖簾をくぐるなり、帳場にいた主の五右衛門が尻を浮かした。目をまるくして驚いている。

「まさか、あやつらが戻っているのではなかろうな」

兼四郎は廊下の奥に視線を送りながら聞いた。

「いえ、見えていません。それでお奉行様、お知り合いの倉持様も見えていませんし」

「お奉行……」

春之助が怪訝そうな声を漏らして、菅笠を脱いだ。

「倉持はこの男だ。心配はいらぬ。無用な気を遣わせたな」

兼四郎も編笠を脱いで、

「それで、仁五郎らのことを教えてもらいたい」

と、五右衛門を見た。

「どんなことでございましょう」

五右衛門は兼四郎と春之助を交互に見る。

「覚えているだけのことを教えてもらいたい」

「それなら隣の客間でお話しいたします。世話をしたのはお末《すえ》とおなつという仲居ですが、呼びますか?」

「頼む」

五右衛門は帳場の守りを古女房に代わってもらい、兼四郎と春之助を客間に通し、茶の支度をするといって席を外した。

「兼四郎、あの主はお奉行様といったが……」

春之助が訝《いぶか》しげな目を向けてくる。

「話せば長いが、世話になっている栖岸院という寺がある。その寺の住持《じゅうじ》が、おれに浪人奉行という仮の名をつけた」

「何故そんなことを……」

「麹町に岩城升屋という大きな商家がある。じつはその店の主から役目を与《あずか》ることがある。狼藉者を成敗する仕事だ。そのための仮の名なのだ。在に来れば、結構役に立つ」

「狼藉者を成敗する仕事だと……」

春之助はまばたきをする。

「以前賊に入られ、奉公人が殺されて金が盗まれたことがあり、升屋はそのことを深く後悔している。大事な奉公人を殺されたのはおのれのせいだと。また、同時に人の道を外れた悪党を心の底から憎んでいる。江戸市中は町奉行所が厳しく取り締まっているが、奉行所の手の及ばぬ地には悪党がのさばり、殺しや拐《かどわ》かし、盗みなどと好き放題にしている。そういったことが升屋の耳に入れば、そのままおれの出番となるわけだ」

「それが浪人奉行の仕事だと」

兼四郎はうむと顎を引いた。

「まさか、おぬしがそんなことをしているとは……」

春之助は信じられぬという顔で首を振った。

そこへ、五右衛門が仲居を連れて戻ってきた。

三

「やつらは江戸へ向かうようだが、そんな話はしていなかった。そうだな」

兼四郎は目の前に座っている五右衛門と、二人の仲居を眺めた。

「していたのかもしれませんが、わたしは聞いていません」

おなつという仲居は、そういってお末を見た。

お末もそんな話は聞いていないという。

おなつは面長《おもなが》でぺちゃんこ鼻だった。お末はいかにも田舎くさいそばかすだらけで、そのせいか、二人は仁五郎らにからかわれはしたが、相手にされてはいなかったようだ。

「主、おぬしも気になることは聞いておらぬのだな」

「はい、あまりやり取りはいたしませんでしたので……」

五右衛門は申しわけなさそうに盆《ぼん》の窪《くぼ》を手で撫でた。

「では、あやつらの顔は覚えているか」

春之助だった。

お末とおなつは覚えていると、目をみはった。

「一人ひとりのことを教えてくれ。名前もわかればなおいい」

お末とおなつは、覚えているだけのことを話していった。

兼四郎と春之助は真剣な顔で二人の仲居の話に耳を傾け、仁五郎とその仲間の名前と特徴を頭に刻みつけていった。

仁五郎は春之助が直接やり取りしているので、二人の証言とほぼ一致していた。六尺はあろうかという大男は四角い顔をしており、名前を小三郎といった。

以下、五尺に満たない小男は勝太。ひょっとこに似た顔をしているのは種次。ゴッゴッと蝦蟇のように黒い顔は壮助。鼻の脇に大きな疣があるのは利蔵。

そして、その仲間とは少し風体のちがう侍は、小野寺勘助といい、目鼻立ちが整っていたと話した。

「仁五郎は年の頃三十半ばと見たが、他の者はどうであっただろうか？」

春之助はおなつ、お末、五右衛門と順繰《じゅんぐ》りに眺める。

「みなさん、三十かそこらにしか見えませんでした。小野寺というお侍もそうです」

五右衛門が答えると、おなつとお末もそうだったとうなずく。

兼四郎は春之助を見て、

「さて、いかがする？」

と、聞いた。

「やつらはおそらくおれを捜しているはずだ。しばらく宿場の様子を見よう。おれは何人かの顔を朧《おぼろ》気《げ》ながら覚えている。賊は三組に分かれて動いているはずだから、無闇に動いて見つかれば後手《ごて》を取ることになるだろう」

春之助は思慮深いことをいう。

「いいだろう。主、この旅籠の二階の間を借りるがよいか」

「へえ、それはもうようございますが、うちに災難があるようなことは……」

「懸念あるな。災難など、この旅籠に及ばせはせぬ。宿賃も払う」

兼四郎は五右衛門を遮っていうと、財布から一分をつまんでわたした。過分なので五右衛門は躊躇ったが、

「無理を聞いてもらうのだ。遠慮はいらぬ」

と、強引に金をつかませた。

その後、兼四郎と春之助は表通りと裏の百姓地を見わたせる部屋に入った。

番場宿の西、弁慶坂の上り口からほどないところに、小さな飯屋があった。茶屋を兼ねていて、店の前には床几を出してある。

不動の仁五郎はその床几に座っていた。弁慶坂から下りてくる旅人や行商人、あるいは近所の百姓の姿を見ると目を光らせた。

しかし、目当ては倉持春之助と名乗った八王子の道場主だ。やつはおれたちを成敗するとぬかした。見過ごせる男ではない。

「仁五郎さん、倉持は逃げたのだ。捜しても見つけられぬだろう。あきらめて江戸に向かったほうが利口《りこう》だと思うが……」

隣に座っている勘助がつぶやくようにいった。

「利口かそうでねえかは、おれが決める。だがよ、やつを放っておいたら、どん

な火《ひ》の粉《こ》が飛んでくるかわかりゃしねえ」

「追っ手はあの男だけではないと考えているのか」

「江戸へ向かったとしても、やつはおれたちを隠れて尾《つ》けるかもしれねえ。江戸にやつの仲間がいりゃ、面倒だ。その前に始末する。それが利口ってもんじゃねえか」

「……見つけられるかな。遠くへ行っているかもしれぬのだ」

「おれはそうは思わねえ。やつァおれたちを追ってきたんだ。あっさりあきらめやしねえだろう。ひょっとすると、仲間のところへ戻って出直してくるかもしれねえ」

仁五郎がそういった途端、立てかけてあった葦簀がバタンと倒れ、風に吹かれて四、五間先まで飛んでいった。

「やけに風が強くなってきやがったな」

仁五郎は空を見あげた。

鉛色の雲が空を被《おお》いはじめていた。風に吹かれる周囲の木々も揺れが大きくなっていたし、街道沿いの商家の暖簾はめくれ、軒先《のきさき》に立てられた幟《のぼり》がはためいていた。

「なんてこった」

店の者が慌てて表に出てきて、飛ばされた葦簀を片づけはじめた。

「野分（台風）かもしれぬ」

そういって空を見あげる勘助を、仁五郎は冷めた目で見た。

「天気が悪くなる前に始末したいもんだ。――野郎ども、どこを捜してやがんだ」

仁五郎は往還の東のほうへ目を向けた。

往来は少ない。荷車を押して道を横切る百姓の女、背中に大きな荷を背負った行商人、菓子屋の前で遊んでいる近所の子供たちが数人、杖《つえ》をつきながらやってくる旅装束《たびしょうぞく》の老夫婦……。

侍の姿はなかった。

「野分が来たらいかがする？」

勘助がまた口を開いた。

「天気のことを心配してどうする。いまは倉持って野郎を始末するのが先じゃねえか。野分なんぞ気にすることじゃねえ」

「気にするのはなんだ？」

「頓馬なことを聞きやがる。倉持って野郎を放っておいたばかりに、おれたちの身が危なくなったらどうする。長生きしてェとは思わねえが、いやってほど、それこそ飽きるほど楽しんでからでねえと死に切れねえだろう。贅沢三昧《ぜいたくざんまい》をする前に冷や飯食いどころか、命を取られちゃかなわねえ。そうじゃねえか……」

仁五郎は冷めた目で勘助を見て、

「あんたはおれのそばにずっとついているんだ」

と、言葉を足した。

四

「やつらの姿は見えぬな」

南側の百姓地を見張っていた兼四郎は、往還に注意の目を向けている春之助のそばに行って声をかけた。

「こっちにも姿はない。宿場の裏をまわっているのかもしれぬ。見ろ、風がだんだん強くなってきた。野分であろうか」

春之助は冷めた茶を口にしながら、宿場の通りから目を離さない。

たしかに風は一段と強くなっていた。空を吹きわたる風が、笛のような音を立て鳴っている。

「宿場を離れて江戸に向かっているのかもしれぬ」

兼四郎は通りにある店を見ていった。その店の者が暖簾を下ろし、通りがかった男に声をかけられ、短いやり取りをした。

「それにしても、あやつら村の名主一家までも……」

春之助は嘆息した。

「極悪非道《ごくあくひどう》な所業だ。他にいいようがない」

兼四郎は小川村の名主の家で見た凄惨《せいさん》な様子を思い出し、

「おぬしは岸谷道場のことを悔やんでいるが、岸谷殿とは深い付き合いがあったのか？」

と、聞いた。

「あの方は槍術に長《た》けておられた。噂を聞いて訪ねたのだが、なるほどと感心させられ、それで指南を願ったのだ。人柄のよい千人同心だった。若い同心の面倒も見ており、人望のある方だった。剣術家としての人格も備え持っておられたのに、いま思い出しても、もったいなくも悔しくてならぬ。敵《かたき》はなんとしてでも討たなければ……」

春之助は唇を引き結んだ。

兼四郎はその横顔を短く眺めた。一途《いちず》で人を裏切らぬ男だ。他人事《ひとごと》ながら春之助の気持ちは手に取るようにわかった。だが、おまえが犠牲になっていなくてよかったという、安堵もあった。

「兼四郎、裏の見張りに戻れ。やつらが分かれて動いているのはわかっているんだ」

「うむ。そうだな」

兼四郎は持ち場に戻った。

小さく開けた窓からは、百姓地が望める。どことなく荒涼《こうりょう》とした風景だ。林の木々が大きく揺れ、空を飛ぶ鳥が風に翻弄《ほんろう》されている。

野や畑に人の姿はない。宿場の裏から村につづく道が数本あるが、そこにも人の影はなかった。兼四郎はふうと短くため息をついた。

と、そのときだった。二町ほど先にある雑木林の裏から二人の男が姿を見せた。身なりからして百姓ではない。手甲脚絆に膝切りの着物。腰には長脇差。

「春之助」

兼四郎は二人の男から目を離さず、春之助に声をかけた。すぐに春之助がやってきた。

「見ろ。こっちにやってくる」

兼四郎と同じように、春之助は野路を歩いてくる二人に目を凝らした。

ひとりは体が小さい。もうひとりは遠目にも肩幅が広く、がっちりしている。

「やつらか?」

兼四郎が問うと、そうだと春之助はうなずいた。

「どうする?」

「押さえて、やつらが仲間と落ち合う場所を聞きだそう」

春之助はそう答えて周囲に注意の目を向けた。

「宿場に入る前に押さえたほうがいいだろう。まいるぞ」

兼四郎は差料《さしりょう》を引き寄せて立ちあがった。春之助がついてくる。

旅籠の裏口から表に出ると、木立や土手の陰を利用して、近づいてくる二人の男を待った。その距離はもう半町もなかった。

体の小さい男は勝太。もうひとりの蝦蟇面は壮助という男だろう。

二人は宿場につづく小道を歩いてくる。畦に生えている草が風になびき、畑から土埃が舞いあがった。

「春之助、おれは向こうで待つ」

兼四郎はそういうと、腰を低くして小道の先にある杉木立のなかに走り込んだ。

勝太と壮助はもう目と鼻の先まで来ていた。兼四郎と春之助に気づいた素振りはない。

「待て」

声をかけるなり、春之助が小道に飛び出した。

勝太と壮助が突然のことに驚き、数歩下がって腰の刀に手をやった瞬間、兼四郎が二人の背後に立った。

「てめえは……」

小柄な勝太が目を剝いて春之助をにらみ、次いで兼四郎に慌てた顔を向けた。

「刀を抜くな。抜いたらただではすまぬ」

「うるせえ！」

春之助の忠告も聞かずに刀を抜き払って撃ちかかったのは、壮助のほうだった。勝太も刀を抜いて春之助に斬り込んだが、間合いを外されると、今度は兼四郎に体を向けた。

腰を低く落として中段に構え、じりじりと迫ってくる。

「怪我をしたくなければ刀を引け。斬るつもりはない」

兼四郎は忠告したが、勝太は聞かなかった。そのままムササビのように地を蹴って斬り込んできた。

兼四郎はにじり下がりながら抜刀し、勝太の刀を撥ねあげた。

キーン――。

金属音を立てて勝太の刀が宙を舞った。

「やっ」

勝太は目を見開いて長脇差が落ちた藪《やぶ》を見たが、つぎの瞬間、猿《さる》のような敏捷さで杉木立のなかに逃げ込んだ。

兼四郎は即座に追ったが、あっという間に差がついた。なんとすばしこい男だろうか。勝太は杉木立を抜けると、街道の裏道に出て宿場のほうへ向かった。

兼四郎は差を詰められないまま、あとを追う。六所宮のそばまで来たとき、勝太の姿が見えなくなった。

あたりには小さな林と畑があるだけだ。宿場まで一町もないところだった。

立ち止まった兼四郎は、ゆっくり歩を進めながら、視線をめぐらした。宿場の裏には民家が少ない。田畑は広がっているが、小高い雑木林や竹林が点在し、低地には小川が流れている。いわゆる丘陵地なので視界はよくない。

勝太は桑畑《くわばたけ》から飛び出し、宿場のほうへ駆け去った。兼四郎は追ったが、勝太の姿はすぐに木立の陰で見えなくなった。

「なんてやつだ」

追跡はあきらめるしかなかった。急いで春之助の元に戻ると、壮助が地に倒れていた。

「斬ったのか」

兼四郎は春之助と、死んだ壮助を交互に見た。

「話を聞こうとしたら、腰の後ろに隠し持っていた匕首《あいくち》で突きに来たのだ。殺すつもりはなかったのだが……」

春之助はしかたなかったと、唇を嚙んで兼四郎を見た。

「あの小男は？」

「逃げられた」

「どちらへ行った？」

「宿場のほうだ」

春之助は短く考える顔をしてから、

「追うのだ」

と、先に歩きはじめた。

五

「勝太だ」

暖簾を下ろし、戸を閉めた小間物屋の脇から飛び出してきた勝太を見て、仁五郎は立ちあがった。

「い、いた、いました」

顔中に汗を張りつかせている勝太は、ハアハアと荒い呼吸をしながら背後の通りを振り返って、顔を仁五郎に戻した。

「いたって倉持の野郎か」

「へえ、だけど、もうひとり侍がいたんです」

「なんだと」

驚きの声を漏らしたのは、勘助だった。

「それでそいつらはどこに？」

「宿場の南側です。いきなりあらわれやがったんで泡食っちまいましたが、斬られそうになったんで逃げてきたんです」

「おめえは壮助といっしょだったはずだ。やつは？」

勝太はわからないと首を振る。

「どうする？」

仁五郎は勘助に顔を向けた。

「相手は二人か……他に仲間がいる様子は？」

勘助は勝太に聞いたが、やはりわからないと首を振る。

「用心が必要だ。仁五郎さん、仲間を集めたほうがいい」

「どこにいるかわからねえんだ。戻ってくるのを待つか……」

「そうだな。相手の人数がわからないうちに動くのは、しばらく控えたほうがよいだろう」

「そうかい。それじゃもうしばらく待とうじゃねえか」

仁五郎は肚をくくって床几に座り直した。

「壮助はどうなったかな」

勝太は生唾を呑み、手拭いで汗を拭きながらいう。

「おまえ、刀はどうした？」

仁五郎は勝太が腰に刀を差していないことに気づいて聞いた。

「飛ばされたんです。倉持ってやつの仲間に」

「へまな野郎だ。とにかく仲間を待つんだ」

兼四郎と春之助は宿場の近くまで来ていたが、完全に勝太を見失っていた。

「いま頃、あの男は仲間の元に戻っているだろう」

兼四郎は歩きながら、春之助を見る。

「おれたちのことは、もう相手に知られていると考えたほうがよい」

「ならばどうする？」

春之助は立ち止まって兼四郎に顔を向けた。

「もはや身を隠して捜すことはないだろう。やつらはおれたちを捜している。そして、おれたちもやつらを捜しているのだ」

「ふむ。そうだな。では身を曝《さら》し、堂々とやつらを捜すとするか」

兼四郎と春之助の考えが一致した。

そのまま二人は宿場通りに出た。

風が強くなり天気が崩れそうになっているせいか、往来に人の姿はほとんどなかった。往還の両側にある店も、暖簾を下げ、表戸を閉めている。

吹き抜ける風が建付《たてつ》けの悪い戸板や腰高障子を揺らしつづけていた。天水桶《てんすいおけ》から落ちた手桶がカラカラと転がっている。

兼四郎と春之助は六所宮の大門前まで歩いたが、仁五郎らの姿は見えない。もしや宿場の北側にひそんでいるのではないかと思い、そちらに足を向ける。

欅並木《けやきなみき》の道に出たが、やはり人気はなかった。風に吹かれる欅が枝葉を激しく揺らしていた。

この並木は六所宮大門から北へ延びている。両側は三尺から五尺の土手になっていて、その向こうが馬市《うまいち》の行われる馬場だった。並木道は六所宮の参道であり、長さは五町ほどだろうか。

欅の上に広がる鉛色の空を、風が音を立てて吹きわたっている。

兼四郎と春之助は欅の参道を北の外れまで行って立ち止まった。

「こっちではないのかもしれぬ」

兼四郎は来た道を振り返った。

「やつらはなぜ八王子の道場を襲ったりしたのだ？」

春之助が疑問をつぶやき、

「金のためであろうが、やり方がひどい。小川村の名主一家も殺しているのだからな」

と、言葉を足した。

「仁五郎らは江戸へ行く肚づもりだ。そういう話を聞いた者がいる」

兼四郎は周囲に警戒の目を配りながらいった。

「なぜ江戸なのだ？　江戸へ何をしに行くのだ？」

「それはやつらに聞くしかなかろう。だが、やつらが江戸に入る前に成敗しなければならぬ」

「わからぬことがある」

春之助が兼四郎を見てきた。

「なんだ？」

「江戸を目指している仁五郎らは小川村へ行ったのに、なぜそのまま青梅街道を進まなかったのだ。そのほうが早いではないか。それなのに甲州道中に戻り、道草を食うように府中にやってきた……。兼四郎に問うてもわからぬだろうが、解《げ》せぬ」

「ひょっとすると、この宿場にある道場を狙うつもりだったのかもしれぬ」

「なぜ、道場なのだ？」

兼四郎は短く思案してから答えた。

「襲われた道場はいずれも宿場から離れた場所にあった。まわりに人家《じんか》は少ない。それに門弟がいなくなった頃合いを見て襲っている。人の多い宿場にある道場は、人の目も耳もあるので、騒ぎになればすぐに気づかれるだろう」

「小川村の名主の家はどうだったのだ？」

「あの家も宿場から少し離れたところにあった」

「では、この宿場にある道場を狙いに来たというのか」

春之助はまっすぐ兼四郎を見た。

「道場がここにも……」

「あるはずだ。よし、近くにそのことに詳しい人がいる。聞きに行こう」

春之助はそういうなり歩きだした。

六

宿場通りを強風が吹き抜けていった。戸障子が激しく音を立て、しまい忘れられた葦簀が舞いあげられ、商家の屋根に落ちて、そのままどこかへ消えた。

宿場には火事で焼けなかった旅籠が二十数軒あり、問屋場の他に本陣、脇本陣もある。そして、間口一間から四間ほどの小店《こだな》が両側に並んでいるが、強風を伴った天候の変化にどの店も戸を閉ざし、暖簾をしまっていた。野分の襲来を警戒してのことだ。

めっきり往来もなくなり、いまや宿場通りは閑散としていた。しかし、風が強くなりはするが、雨はときおりぱらつく程度だった。

「野分は遠くにあって、このあたりを掠《かす》めているだけかもしれねえな」

利蔵が鼻の脇にある大きな疣を指先でさすりながら空を眺めた。

「鼻糞、のんびりしたこといってんじゃねえ。いまはやつらを捜すのが先だろう」

仁五郎はそういって、宿場の東に目を注いだ。

相変わらず弁慶坂に近い、茶屋を兼ねた飯屋の前にいるのだった。

そばには勘助、大男の小三郎、利蔵、そして勝太の五人がいるだけだった。

みんなはひょっとこ顔の種次の帰りを待っていた。

「もし、倉持春之助にもっと多くの仲間がいたらいかがする」

勘助は手で玩《もてあそ》んでいる胡桃《くるみ》をカリカリ鳴らしながら仁五郎を見た。

「何人いるか気にはなるが、とにかく始末する」

「相手が五人、あるいは十人だったらいかがする？」

仁五郎は短く考え、顔をしかめた。

「数が多けりゃ、このまま宿場を離れるだけだ。勝ち目のねえ喧嘩をやる気はねえからな」

「だったら喧嘩などやめて、さっさと江戸に行ってもいいのではないか」

「小野寺さん、それが甘えんだよ。おれたちのことを倉持の野郎は知ってるんだ。放っちゃおけねえだろう。生かしておきゃ、この先面倒になる。やり過ごせば、そんな面倒なんて起きねえと請け負えるかい。面倒の種は小せえうちに潰す。火事と同じだ」

「たしかにそうであろうが……」

「なんだ、おれのやり方が気にくわねえか。この頃、あんたは妙におれに突っかかってくるな。さんざん面倒を見てきたおれを、まさか裏切ろうってんじゃねえだろうな」

「さようなことは……」

「なんだい？」

仁五郎は勘助を凝視する。

「そなたには恩がある。裏切れるわけがなかろう」

仁五郎はふっと、小さな笑みを片頬に浮かべた。

「それに、倉持といっしょにいたという侍のことが気になる。同じ道場の者だろうか」

勘助は仁五郎から勝太に視線を移した。

それは仁五郎も気になっていることだった。

「勝太、おめえを追ってきたという侍が何者だったかわからねえか？」

仁五郎は聞いたが、勝太は首をかしげて、相手は名乗っていなかったのでわからないと答えた。

「倉持は八王子の道場主だったな」

勘助がいった。

仁五郎は勘助に顔を向け直す。

「同じ道場の師範代と考えることもできるだろうが、千人同心かもしれぬ」

「同心なら、役目があるからおれたちを追う暇なんざねえだろう」

「いや、平同心のほとんどは禄《ろく》をもらってはいるが郷士身分だ。役目に就《つ》いていないときはもっぱら農事にいそしむか、他の稼業《かぎょう》をやっている。ある程度勝手は利く」

「そんな平同心が十人も二十人も来たら、とんでもねえことですぜ」

勝太が目を見開いていう。

「大勢いたら、とっくにおれたちの目に入っているはずだ。だが、そんなことはねえだろう」

「十人はいないとしても、あと三、四人いたらいかがする？　こっちは六人だ。それに倉持は道場主だから、それ相応の手練《てだ》れであろう。他の者も剣の腕はたしかなはずだ」

勘助の言葉に仁五郎は、むむっと、うめくような声を漏らした。もし、勘助の推量があたっていれば、勝ち目はない。

下手をすれば、ここで命を落とすことになるかもしれない。それはあってはならないことだった。長生きはできなくとも、あと数年は贅沢な暮らしをしたい。それこそ酒池肉林《しゅちにくりん》に溺《おぼ》れたい。

「仁五郎さん、いかがする。勝ち目がなければ逃げるのも一手だ」

「おれは逃げねえ。逃げるのは相手の数がわかってからだ。それからでも遅くはねえだろう」

そのとき、様子を見に行っていた種次が戻ってきた。

「どうだった？」

仁五郎はひょっとこ顔を見た。

「見あたりません。宿場といったって広いんです。裏にも家はあるし、ひとりで捜せるもんじゃないですよ。まさか、この近くの旅籠でおれたちの様子を見ているんじゃ……」

種次は不満そうな顔で答えた。

「そうだったら、とっくに姿を見せているはずだ」

仁五郎はそう答えたあとで、背後の店を見た。

腰高障子に「めし　酒」という文字がかすんでいる。

店の名は「中田屋《なかたや》」といった。店先に幟が立てられていたが、店主は強くなった風を嫌ってさっさとしまっていた。

それに人通りもすっかりなくなっている。

店を切りまわしているのは店主と女房、そして娘だった。娘はお世辞にもきれいとはいえない醜女《しこめ》である。

「いざってときのことを考えて人質を取っておくか」

ぶ厚い唇を嘗めた仁五郎は、キラッと目を光らせ、閉まっている腰高障子を引き開けた。

七

「宿場に戻ろう。戻ったらおれたちの身を曝して、仁五郎らをおびき出す。それでどうだ？」

兼四郎は春之助が知り合いだという大山茂兵衛の家から出てくるなりそういった。

「よかろう。おれも腹は括《くく》っている」

春之助はそう答えた。

大山茂兵衛は、府中には自分の道場を入れて三つの道場があったが、いまはどこもなくなったといった。飢饉で門弟が来なくなったことが一番の原因らしい。

茂兵衛は兼四郎たちの助をすると申し出たが、とてもそんな体ではなかった。六十という高齢であるし、膝も悪くしていた。

「宿場の通りを歩けば、いやでもやつらの目に留まるはずだ。何もなければ、宿場を離れたと考えるしかない」

「もしそうだったなら、いかがする?」

春之助は兼四郎に顔を向けた。

「やつらが江戸に行くのはわかっている。もし、やつらが姿を見せないなら、江戸に戻る」

「賊が江戸に逃げ込んだら、追う手立てがなくなるのではないか」

兼四郎は答えられない。

江戸は人が多い。逃げ込む場所はいくらでもある。強力な手掛かりがなければ捜しきれないだろう。

「とにかく宿場へ」

兼四郎はそう応じてから足を急がせた。相も変わらず強い風が吹きすさんでいる。木々の葉がその風に飛ばされていた。

兼四郎と春之助は馬場大門をくぐり、宿場の通りに出た。一度新宿のほうを見てから西へ足を進める。

風が袖をめくりあげ、小鬢《こびん》の毛をふるわせる。商家はどこも戸を閉め、ひっそりと静まっている。問屋場然《しか》りである。まるで無人の宿場のようだ。

戸板がカタカタと鳴れば、どこからともなく転がってくる手桶がある。土煙が舞いあがり、古い商家の屋根がきしんで不気味な音をあげ、めくれそうになっていた。

宿場通りは一直線ではない。ゆるやかに蛇行《だこう》しているので、宿場の先まで見通すことはできない。

兼四郎と春之助は閑散とした通りを歩きながら、周囲にも警戒の目を配った。ものが動く気配があれば、さっとそちらを見て刀の柄に手をやる。だが、飛ばされた幟旗だったり、襤褸《ぼろ》切《き》れだったりで人ではなかった。

「おかしなことがある。よくわからないのだ」

春之助が唐突にそんなことをいった。

「なんだ？」

兼四郎はちらりと春之助を見たが、すぐ周囲に警戒の目を戻す。

「おれがやつらと出くわしたときだ。一戦交《まじ》えるとは思っていなかったが、やつらは不意をついて先に斬りかかってきた。だが、あのとき小野寺勘助という男は、おれに刀を向けながら目配《めくば》せをした。そっちに逃げ道があるとでもいうように。そこには仁五郎らが塞《ふさ》いでいない脇道があったのだ」

「小野寺に逃がしてもらったというのか……」

兼四郎は春之助を見た。

「おれにはさように取れた。それに刀を向けられはしたが、強い殺気は感じられなかった」

「思い過ごしではないのか」

「わからぬ」

春之助は小さく首をかしげた。

二人は高札場を過ぎ、札の辻で一度立ち止まった。左へ行けば中河原《なかがわら》に通じる鎌倉街道だ。兼四郎と春之助は目を見合わせた。

——まっすぐだ。

この辺はあうんの呼吸である。

再び歩きはじめる。ほどなくして宿場の先まで見通しが利くようになった。

仁五郎はズルズルと饂飩《うどん》をすすっていた。他の仲間も同じように丼を抱え持って饂飩を食っていた。

中田屋の土間席である。主夫婦と店を手伝っている娘は、仁五郎らの醸《かも》し出す険悪《けんあく》な空気を察してか板場に引っ込んで、身をすくめておとなしくしていた。

店のなかにいないのは、表を見張っている小男の勝太だけだ。

仁五郎は饂飩を食いながら、ときどき板場でおとなしくしている店の者を眺めた。亭主は見るからに頼りなさそうな垂れ眉で、仁五郎や仲間が声をかけるたびにびくついていた。

女房は太った大年増だ。

そして娘は二十歳《はたち》ぐらいだろうが、とても褒められた顔ではない。猪《いのしし》のような体つきで色が黒く、頭でっかちで目が小さく、鼻がひしゃげてやけに口が大きい。

（しかたねえか。あの娘でも人質になるだろう）

仁五郎は最後の饂飩をすすり、つゆを飲みほした。

「よし、腹拵《はらごしら》えが終わった。これから二手に分かれてやつらを捜す。半刻ばかり捜して見つからなかったら、ここに戻ってくるんだ」

仲間は仁五郎に視線を注ぎ、黙ってうなずく。

「種次と小三郎は、勝太と宿場の北を捜せ。南側はおれと小野寺さんと鼻糞で捜してくる」

「すぐ見つけたらどうしやす？」

小三郎が顔を向けてきた。

「そんときゃ、ここに戻ってきて、おれたちを捜せ。いや、こうしよう。落ち合うのは小半刻後にしようじゃねえか。それでいいか」

誰も異を唱《とな》える者はいなかった。

「おい親爺、金はちゃんと払う。これはみんなの分だ。そうびくつくんじゃねえよ。取って食うわけじゃねえんだ」

仁五郎がそういったとき、腰高障子ががらりと開き、見張りをしていた勝太がこわばった顔を向けてきた。

「やつらが来ました」

「なに、何人だ？」

「二人です」

仁五郎は勝太を店のなかに引き入れると、そっと表をのぞき見た。土埃の舞う宿場通りを二人の侍がやってくる。

他に仲間はいないかと目を凝らすが、その様子はない。

（二人か……）

胸の内でつぶやいた仁五郎は、すぐさま知恵をめぐらして仲間を振り返った。

八

風はゴウゴウと音を立てながら鉛色の空を流れている。野分なら雨も降るはずだが、ぱらついた程度でそれ以降は降らない。

宿場は寝静まったように沈黙を保《た》っている。戸を開けている商家は一軒もなく、人の通りも絶えている。みんな野分を恐れているのだ。

兼四郎と春之助は、周囲に警戒の目を向けながら歩きつづける。通りにある店はどこも古びており、建付けが悪くなっているので、カタカタと風に揺れる音を立てている。風雨にさらされた軒がめくれそうになっている店もある。

商家と商家の間には小路《こみち》があるが、そこにも人の影は見えなかった。

「やつらはなぜ出てこぬ」

春之助が焦《じ》れたような声を漏らしてつづける。

「おれはやつらの仲間を斬った。やつらもそのことには気づいているだろう。ただでさえおれを狙っているはずなのに……」

兼四郎も同じことを考えていた。

春之助は壮助という男を斬っている。仲間を殺された仁五郎はきっと敵《かたき》を討ちに来るはずだ。これまでの所業を考えれば、弱腰になって逃げるとは思えない。

「宿場の裏に隠れているのか……」

春之助が立ち止まって、旅籠の間にある小路に目を向けた。その先には竹垣に囲まれた一軒の民家があるだけだった。犬猫一匹いない。

「宿場の外れまで行ったら、裏にまわってみよう」

兼四郎がそういったときだった。

「兼四郎」

と、春之助が緊張した声を漏らして立ち止まった。兼四郎もすぐに気づいた。

宿場の外れ、弁慶坂の上に大男が立っている。

「小三郎という男だろう」

春之助が表情を引き締めると、小三郎の横にもうひとり男が姿を見せた。

二人の背後にある雲がうすくなり、あたりがあかるくなった。

それでも風は強いままだ。ゆるやかな坂道の両側にある松や杉の木立が大きく揺れている。ときおり、土埃が舞いあがって風に流され、ちぎれた木の葉《こは》が舞う。

「他のやつらはどうした？」

兼四郎は坂の上にいる二人を見据えながら、まわりに視線をめぐらした。仲間の姿はない。坂の上の二人は立ったままだ。抜き払った長脇差を手にしている。

「罠《わな》かもしれぬ」

春之助がつぶやいた。

兼四郎がいうと、春之助がさっと顔を向けてきた。

「嵌《は》まってやろう」

「どこまで悪知恵をはたらかせているか見てやるのさ」

兼四郎は不敵な笑みを浮かべると先に足を進めた。

坂の上の二人がゆっくり下りてくる。

小三郎といっしょに坂を下りてくるのは利蔵だった。鼻の脇にある疣が見えたのでそうだ。

「あと四人いるはずだが……」

「いずれ出てくるだろう」

兼四郎が答えたとき、背後で激しく戸の開く音がした。振り返ると、すぐそばの飯屋から四人の男たちが出てきた。

仁五郎と残りの三人だ。ひとりは小野寺勘助という侍。

「おい、やっと姿を見せやがったな」

仁五郎が不遜な顔で近づいてくる。

兼四郎と春之助は、坂を下りてくる二人の男たちとで挟み撃ちにされた恰好だ。

「それはこっちの科白《せりふ》だ」

兼四郎が答えた。

「おめえ、倉持道場の師範代か？　それとも他の道場の門弟か？」

兼四郎はゆっくり仁五郎に正対《せいたい》して答えた。

「どちらでもない。おれは浪人奉行」

仁五郎の目がくわっと見開かれた。他の仲間も奇異な顔をした。

「なんだと、するってェと役人てわけか。だったらますます放っちゃおけねえ。てめえらの命、ここでもらうぜ」

仁五郎はさらりと刀を抜くと、ペッと地につばを吐いた。

「おう野郎ども、地獄に送ってやるんだ！」

仁五郎が風に負けない声を張ると、坂の上から大男の小三郎が怒濤の勢いで駆け下りてきた。

「兼四郎ッ」

春之助が被っていた菅笠を脱ぎ捨てて注意を喚起《かんき》したとき、すでに兼四郎は刀を抜き放っていた。

小三郎が勢いをつけたまま春之助に撃ちかかった。春之助は刀を擦《す》りあげて足を払いに行ったが、うまくかわされた。

そのとき兼四郎にも、気合いを発した種次が斬り込んできた。

剣術の型にない喧嘩殺法《けんかさっぽう》だ。兼四郎は種次の刀を払い落とすようにいなして、逆袈裟《ぎゃくけさ》に斬りあげたが、種次は思いのほか俊敏《しゅんびん》だった。さっと後ろに飛びさってかわした。代わって仁五郎が斬り込んできた。

兼四郎は身をひねってかわし、体勢を崩した仁五郎の背中に一太刀浴びせようとしたが、その一撃を横から勘助が遮って正面に立った。

「仁五郎さん、下がっていろ。おれが相手をする」

勘助は青眼に構えたまま間合いを詰めてくる。

兼四郎は下段に構えて相手の出方を見た。隙がない。この男はできると思った。

「道場破りをしたのはきさまか？」

兼四郎はじりじりと間合いを詰めながら問うた。

「さようだ。だが、道場主を倒すだけでよかった」

兼四郎はぴくっと片眉を動かした。

「身内を殺すことなど考えていなかった」

「されど、殺した。金も盗んだ。悪逆非道の盗賊ではないか」

「いかにも。さようなことになってしまった」

勘助は苦渋《くじゅう》の色を浮かべたが、目には一瞬の油断もなかった。

兼四郎は眉宇をひそめた。

「この期に及んでいい逃れか。きさま、侍なら潔《いさぎよ》く罪を認めるべきであろう」

「手を貸したのは、恩義があるからだ」

「なにッ……」

「不動の仁五郎はおれにとって命の恩人だ」

「おう、そんなこたァどうだっていい。小野寺さん、早くやっちまえ！」

仁五郎が背後から喚《わめ》いた。

「仁五郎、その恩義、さきほど返した」

勘助は呼び捨てにしてそういった。

とたん、仁五郎の両眉が動いた。

「何をいってやがる」

「きさまはさきほど斬られたはずだった。だが、それをおれが救ったのだ。これでおあいこだ」

「つべこべいうんじゃねえ！　早くたたっ斬れ！」

仁五郎が怒鳴ったとき、坂のほうで悲鳴があがった。

九

「ぎゃあー！」

それは大男の小三郎の絶叫だった。首の付け根から血飛沫を噴出させ、ドタドタと数歩歩いたかと思うと、そのまま道端の藪にどうと倒れた。

そのとき、春之助は撃ちかかってきた利蔵の刀をすり落としていた。すぐさま刀を引き、突きを送り込んだが、利蔵は尻餅《しりもち》をつきそうになりながらかわした。

「小三郎！」

大声を発したのは仁五郎だった。信じられないというように大きく目を見開くなり、鬼の形相《ぎょうそう》になって、

「小野寺さん、何をやってやがる！　早く斬っちまうんだ！」

と、勘助を怒鳴った。

「もうよい。おれは斬り合いはごめんだ。これ以上無駄な殺しはやりたくない」

そういった勘助は、身に漂わせていた殺気を消し、刀を下げた。

詰め寄ろうとしていた兼四郎は、立ち止まって片眉を動かした。

「おい、小野寺勘助！　てめえ、何をしてやがんだ！　この野郎ッ！」

仁五郎は狂ったように叫びながら、勘助の背中に一太刀浴びせた。

「あう……」

勘助がよろめいた。

同時に坂のほうで新たな絶叫が空に吸い取られていった。

兼四郎がさっとそちらを見ると、春之助が利蔵の脾腹《ひばら》を突き刺したところだった。

「うぐ、ぐぐっ……」

利蔵が目を白黒させると、春之助は勢いよく刀を引き抜いた。とたん、利蔵は前のめりに倒れて動かなくなった。

「は、鼻糞までが……」

仁五郎は後じさりながら利蔵を、ついで自分が斬りつけた勘助を見た。勘助は刀を落とし、片膝をつき、うずくまるように地に転がった。

「野郎ーッ！」

声をあげて兼四郎に斬りかかってきたのは、ひょっとこ顔の種次だった。

兼四郎は撃ち込まれてきた刀を大きく撥ねあげると、そのまま右足を踏み込みながら、刀を横薙《よこな》ぎに振り切った。

「ギャアー！」

種次は胸を斬られてよろめいた。

兼四郎は一切の手加減を排し、よろめく種次の後ろ首にとどめの一撃を見舞った。

種次は悲鳴も発せず倒れ、動かなくなった。

「兼四郎ッ」

春之助の声で兼四郎が仁五郎を見ると、近くにある飯屋に小男の勝太と逃げ込むところだった。兼四郎と春之助はすぐにあとを追った。

仁五郎と勝太が逃げ込んだのは、古い看板を掛けている「中田屋」という店だった。

腰高障子の前まで行ったとき、その戸が勢いよく開いた。兼四郎と春之助はハッとして立ち止まった。

同時に仁五郎が表に出てきた。だが、ひとりではなく、若い娘を背後から抱くようにし、その首に刀をあてがっていた。

娘は血の気をなくした顔でふるえていた。

「おい、浪人奉行とやら、刀を捨てるんだ。倉持、てめえもだ。さもなきゃこの娘の命はねえぜ」

仁五郎の正気をなくした目には凶暴な光があった。

「やめろ。娘を放すんだ」

「刀を捨てろといってんだ！　早くしねえか！」

仁五郎はつばを飛ばしながら兼四郎に怒鳴り返した。捕らえられている娘が恐怖のあまり泣きだし、失禁《しっきん》した。

兼四郎は春之助を見た。

「刀は捨てる。このとおりだ」

春之助が先に刀を足許に落とした。

仁五郎がぐふっと余裕の笑いを漏らした。双眸《そうぼう》には凶暴な光を湛《たた》えたままだ。

「きさま、こんなことをして生きながらえられると思っているのなら、大きな間違いだ」

「黙りやがれッ。てめえなんぞに説教されたかァねえわい！　刀を捨てろといってんだ！」

仁五郎は兼四郎をにらみ据えた。

「わかった。捨てる。だから娘を放せ」

「刀を捨てるのが先だ！　早くしねえか！」

「おさわ……」

店の戸口にしがみついたまま、声をかけてきたのは娘の母親らしい。そのすぐそばには青ざめた亭主らしき男の顔もあった。

娘の親を見た兼四郎は、観念したように刀を足許に落とした。

かちゃ。鍔《つば》が小さく鳴った。

「脇差もだ。おい倉持、てめえもだ」

ここは指図に従うしかなかった。兼四郎が先に脇差を抜いて足許に置けば、春之助もそれに倣《なら》った。

「勝太、刀を拾ってこっちに持ってこい」

近くにいた勝太が機敏《きびん》に動いて、兼四郎と春之助の大小を抱えて下がった。

「浪人奉行か何だか知らねえが、おれの邪魔はさせねえ」

仁五郎はそういうなり、どんとおさわという娘を突き放した。おさわは「きゃっ」と小さな悲鳴を漏らして地面に倒れ、そこへ母親とその亭主が駆け寄った。

兼四郎と春之助は無腰《むごし》である。その前に仁五郎が立った。残忍《ざんにん》な笑みを浮かべ、刀をさっと横に振り、ゆっくり近づいてくる。

「きさま、なぜこんなことをする？」

兼四郎は仁五郎の目を見据えて問うた。

「極楽を見るためさ。へへッ」

優位に立っている仁五郎は楽しそうな笑みを浮かべるが、目には凶悪な光を湛えたままだ。

「江戸に行くのではないのか？」

「そうさ、これから行くのさ。てめえらを血祭りにあげてからな」

仁五郎は刀を頭上にかざした。

「待て」

兼四郎は制するように片手をあげた。

「なんだ？」

仁五郎の足が止まった。

「極楽を見るというのはどういうことだ？」

「へん、てめらにおれの気持ちなんざわかりゃしねえさ。地獄だ。この世は生まれたときから地獄だった。なにひとついい思いをしたことがねえ。食うものも食えず、着たいものもろくに着ることができずに生きてきたんだ。人並みの暮らしができなきゃ、人並みの楽しみも知らなかった。だがよ、それじゃ間尺《ましやく》に合わねえ。おれだっていい思いをしてえ。だから花のお江戸でこの世の楽しみを味わい尽くすのさ。ウハ、ウハハハ……」

仁五郎は汚い歯茎《はぐき》をのぞかせて笑った。そのとき、ひときわ強い風が吹き、土埃を盛大に巻きあげた。

機を逃がさず、兼四郎は編笠を剝ぎ取ると、仁五郎に投げつけた。編笠は風の勢いに乗って仁五郎目がけて飛んでいった。

仁五郎が編笠を避けようと動いたとき、兼四郎は横に跳んで、小野寺勘助の刀を拾いあげた。そこへ、仁五郎が憤怒の形相で斬りかかってきた。

キーン！

兼四郎は仁五郎の刀を撥ねあげると、即座に刀を引き、ついで仁五郎の土手《どて》っ腹《ぱら》に突き入れた。

「うぐ、ぐぐっ……」

仁五郎は刀を振りあげたまま双眸を見開いた。もう一度小さくうめくと、手から刀が離れて地面に落ちた。

さっと、兼四郎は刀を引いた。仁五郎は信じられないという顔で、兼四郎を見て、じわじわと腹からあふれ出る血に手をあてた。だが、立っていられたのはそこまでで、ゆっくり前に倒れて動かなくなった。

「やめろ！」

悲鳴は小男の勝太だった。

いつの間にか、春之助が勝太から刀を奪い返して斬りかかっていた。

勝太はすばやい身のこなしで逃げる。しかし、中田屋の板壁《いたかべ》に追い詰められ、刀を振りあげて反撃を試みたものの、そこまでだった。

春之助は容赦なく勝太の胸を袈裟懸けに斬り捨てた。

中田屋の主夫婦と娘は地面にしゃがみ込んだまま呆然としていたが、

「こやつらは何人も殺してきた盗賊であった。だが、もう心配はいらぬ」

と、兼四郎が話しかけると、三人は胸を撫で下ろすように安堵の吐息を漏らした。それを見た兼四郎は、仁五郎に斬られた勘助のそばへ行った。

十

「しっかりしろ」

兼四郎は勘助の肩をつかんで半身を起こしたが、目はうつろで、顔には血の気がなかった。

その顔に、雲の切れ間をすり抜けてきた日の光があたった。

空を見ると、低い空を被っていた雲が流され、青空がのぞきはじめていた。兼四郎は勘助に視線を戻して、

「なぜ、仁五郎を裏切るようなことをした。おぬしは仲間ではなかったのか？」

と、問うた。

勘助はとろんとした目を小さく動かすだけだった。

「恩義があるといったな」

兼四郎はいまにも息を引き取りそうな勘助に話しかける。

「やつらは盗んだ金をどうした？　もう使ったのか？」

「……………」

勘助は意識が朦朧《もうろう》としているのだろう。兼四郎の声も聞こえていないかもしれない。

「兼四郎、手遅れだ。見ればわかる」

春之助がそういったとき、勘助の口がふるえるように動いた。

「か、金は、甲州屋……」

「甲州屋にあるのか？」

「……い、稲荷《いなり》のそば……」

勘助はそこまでいってがっくりと頭を垂れた。兼四郎は開いている目を、そっと掌《てのひら》で閉じてやり、体を横たえてやった。

「どういうことだ？」

兼四郎は春之助を見た。

「甲州屋の稲荷といったな。たしかあの旅籠の裏に、小さな祠《ほこら》があった」

　ハッと兼四郎も目をみはった。

　甲州屋の裏にある井戸端《いどばた》に小さな稲荷が祀《まつ》ってあった。その裏に金を隠しているのかもしれない。

　兼四郎と春之助はそのまま甲州屋に向かった。いつしかあたりもあかるくなり、商家の戸が開きはじめていた。店の者が顔をのぞかせ、空を見あげ、そして通りを眺めた。

　風は相変わらず吹いているが、最前《さいぜん》より弱くなっていた。

　甲州屋に行くと、主の五右衛門に声をかけて裏の稲荷へ行き、あたりの地面に目を凝らした。掘り起こされた跡があった。

　五右衛門が持ってきた鍬《くわ》を使って掘り返すと、すぐに布袋があらわれた。ずっしりと重い。紐《ひも》を解《ほど》いてたしかめると、一分金と二朱金、二朱銀のみだった。勘定しなければわからないが、おそらく百両もないだろう。

「あやつらが盗んだ金だ」

　兼四郎はそういって五右衛門を見た。

「どうなさるんで……」

「皆殺しにあった一家も多い。ひとまず、問屋場に届けるか……」

兼四郎は春之助を見た。

「おぬしが請け負ってくれぬか。おれは江戸に戻らなければならぬ」

「わかった。しかと届ける」

春之助は金袋《かねぶくろ》を受け取った。

「主、宿場の西外れに中田屋という飯屋がある」

「へえ、存じております」

「その店の近くに賊の死体が転がっている」

「へっ……」

五右衛門は目をまるくした。

「問屋場で相談をして死体の始末を考えてくれ。おれは急ぎの用があるので、頼まれてもらいたい」

「へ、へえ」

「頼んだぞ。もう賊たちはおらぬ。この宿場に災厄《さいやく》が降りかかることもなかろう」

「それを聞いて安心いたしました」

「では、さようなことだ」

兼四郎は春之助をうながして宿場の通りに出た。

低い雲は急速な勢いで東へ流され、西の空はすっかり青空になっていた。

宿場にある古色蒼然とした商家もその光に照らされていた。人通りの絶えていた往来にも人が散見された。

「兼四郎、急いで戻らなければならぬのか」

春之助が名残惜《なごりお》しそうな顔を向けてきた。

「うむ、おぬしとゆっくり話をしたいところだが、相談を受けている面倒事があるのだ。引き延ばしにはできぬことでな」

「さようか。しからば仕方ないな。だが、兼四郎、おぬしの助で手間が省《はぶ》けた」

「礼には及ばぬ」

「それに……」

春之助は短く口ごもった。

「なんだ？」

「おれのことを心配して八王子まで来たと知り、嬉しかった」

春之助はそういって小さく微笑んだ。

「おれも、おぬしが生きていて安堵した」

兼四郎は春之助と短く見つめ合った。やがてお互いに口の端に笑みを浮かべると、同時にうなずいた。

「いずれまた近いうちに会いたいものだ」

春之助がそういえば、

「是非にも」

兼四郎はそう応じ、

「では、そのときまで」

といって、背を向けた。春之助もそのまま歩きだした。

二人は東と西へ別れたが、気持ちは通じ合っていた。

日の光はあかるさを増し、往還にできる兼四郎の影を濃くした。

（お寿々さん……）

心中でつぶやき、遠くへ視線を投げ、官兵衛と定次はどこまで調べを進めているだろうかと思った。

とにかく急いで戻らなければならない兼四郎は、足を速めた。

第五章　天誅《てんちゅう》

一

寿々はいつものように奥の間で帳簿をたしかめていた。遠くの客間から楽しげな笑い声があがっていれば、別の客間からは三味線《しゃみせん》の音が聞こえていた。開け放した障子から涼しい風が吹き込み、庭では虫がすだいていた。

寿々がふうとひとつ嘆息をして、帳簿をパタンと閉じたとき、廊下に足音があり「おっかさん」と、お琴がひそめた声をかけてきた。同時に障子が開いて、お琴のこわばった顔がのぞいた。

「どうしたんだい？」

「またよ」

「またってなんだい？」

「例の二人組がいるんです」

「え、どこに？」

「店のすぐそばよ。二階から見えるわ」

寿々はさっと立ちあがると、見てみようといってお琴と部屋を出た。階段をあがったところに窓があり、そこから二人の男が見えると、お琴はいう。

寿々は細く開けられた窓から表に目を凝らした。だが、人の影は見あたらない。

「どこだい？　いないよ」

「そんなことないわ。ほら……」

お琴も表に目を向けて目をしばたたいた。

「ついいましがたまで、隣の店の軒先に隠れるようにして立っていたのよ。例の二人組だったはずなんだけど……」

「見間違いじゃないのかい。何かあったら惣三郎親分が知らせに来るわよ」

「もう親分は見廻っていないようよ。あやしい者は見かけないから安心しろ、気のせいってこともある、というから見廻っているのかと聞いたら、埒《らち》が明かないからもうやめた、何かあったらすぐに駆けつけるからって……」

「ほんとうかい」

寿々はお琴を見た。お琴はほんとうよ、とうなずく。

「まったく、あの親分……」

寿々はため息をついてから、

「お客様のほうは大丈夫なのかい？」

と、聞いた。

「ひととおり挨拶はしてきたから大丈夫よ」

「ならいいけど……」

寿々はつぶやくようにいうと階段を下り、また奥の間に戻った。

だが、なんとなく落ち着かなかった。菊屋はその後、沙汰《さた》なしだが、余計に気になる。

相談を持ちかけたいろは屋の大将は、店を閉めており会うことができない。まかせておけ、何とかするからと頼れそうな返事をしたくせに、姿をくらましている。

いつものわけのわからない野暮用《やぼよう》だろうけれど、いい加減無責任な男だと小憎らしくなる。

しかし、菊屋はあきらめたのだろうかと思いもする。それならそれでよいが、こちらの出方を待っているのかもしれない。

あるいはまた店の奉公人に災いが降りかかるのではないかと心配にもなる。そんなことを考えると、我知らず背中に水をかけられたような寒気を覚え、ぶるっと肩をふるわせた。

行灯のあかりでできた自分の影をぼんやり眺めて、菊屋の主、甚兵衛の顔を思い出す。色白で血色がよく、ちょこなんとしか髷の結えない小男だ。悪人には見えないが、人を食ったような笑い顔の向こうに、腹黒いものがあるような気がする。

菊屋はこの店に三百両という値をつけた。三百両で譲り受けたいと。

（三百両……）

寿々は胸中でつぶやき、宙の一点を凝視した。

三百両は大金だ。この頃、その金高《きんだか》を考えることがある。この店にそんな値打ちがあるだろうかと思いもする。

菊屋が談判に来たときは、汗水垂らしてやっと築きあげた自分の〝城〟を手放せるかという思いがあり意地を張ったが、よくよく考えると三百両は過分である。

無論、店の造作《ぞうさく》や調度品などを含めるとそれ相応の値はあるだろうが、三百両は文句のつけられない金高だ。

（三百両で……）

胸の内でつぶやく寿々は、いっそのこと菊屋に譲ってしまおうかと迷う。

百五十両の資金《もとで》があれば、いまより規模は小さくなるが、気の利いた小体《こてい》な店は出せる。この店の得意客を引き込んでの堅い商売もできるだろう。

そして自分は残りの百五十両があれば、隠居して余生を楽しく生きられる。新しい店はすっかりお琴にまかせればよい。

それは悪くない考えではないだろうか。それに、お琴には早く亭主をつけてやればよい。真面目で人柄のよい男を。

いや、ひょっとするとお琴には意中の人がいるのかもしれない。

そこまで考えた寿々は、ハッと目をみはった。

（あの子、そんな人がいるのかしら……）

いてもおかしくない年頃だけれど、そんな素振りはない。

でも、お琴は器量はよいし性格もよい。ときどき、お琴だったら申し分ないからもらい受けたいと、冗談とも本気ともつかないことをいう客がいる。

しかし、それは馬齢《ばれい》を重ねた殿様連中だ。つまり、妾《めかけ》にしたいということだ。

お琴に必要なのは妾にしたがる殿様ではなく、まっとうな男でなければならない。

（そうよ。お琴にいい人を見つけなきゃ……）

寿々の心配事は、いつしか店のことからお琴の将来に移っていった。

二

五つ（午後八時）の鐘《かね》が空をわたっていった。

官兵衛は障子窓を小さく開け、通りの向こう側にある菊屋を見張っていた。大戸は閉められており、当然暖簾も下げられている。それでも店のあかりが、戸口の隙間からこぼれている。

大戸の脇には小さな潜《くぐ》り戸《ど》があり、そこから高貴そうな侍が店のなかに消えてから小半刻（三十分）とたっていなかった。表にはその侍の乗ってきた駕籠《かご》があり、駕籠舁《か》きが地面に座って煙草を喫んでいた。

「どうです？」

定次が部屋に入ってきた。階下から茶をもらってきたのだ。

「まだ何の動きもないな」

官兵衛は菊屋に目を向けながら、定次から茶を受け取った。

そこは日本橋通三丁目にある藤田屋《ふじたや》という蠟燭問屋《ろうそくどんや》の二階だった。通りの反対側に、菊本甚兵衛の薬種問屋、菊屋がある。

官兵衛と定次は兼四郎から依頼を受けて以来、菊屋を見張りつづけていた。そしてやっと、

（あの男が裏で糸を引いているのではないか）

と、思える侍があらわれたばかりだった。

「駕籠でやってきたんですから、どこぞの殿様でしょうかね」

定次が茶をすすりながらいう。

「羽織も着物も上等なものに見えたからな。おそらくそうだろう」

「いったい何者でしょう？」

「それを調べるのがおれたちの仕事ではないか」

「まあ、そうですが……」

そう応じた定次は畳を這うようにして窓辺により、障子窓を少し開けて、官兵

衛と同じように菊屋に目を注ぐ。

目の前の通りは、昼間は大勢の人が行き交っているが、いまは閑散としていた。にぎやかに呼び込みをする小僧や、荷を積んだ大八車《だいはちぐるま》、徒党を組んで歩く勤番侍《きんばんざむらい》、着飾った町娘、あるいは相撲取《すもうと》りや僧侶《そうりょ》といった人の姿はない。

見かけるのは酒に酔った職人や、夜遊び中の侍、そして自身番《じしんばん》や番屋の者がときどき見廻りのために歩いているぐらいだ。

「それにしても、見張りってやつは退屈であるな」

「まったくです。しかし、町方の旦那たちはいざとなったら、何日でも見張りをつづけますからね。それがお役目だからでしょうが、あの根気強さには何度も舌を巻きました」

定次は元は北町奉行所の同心の手先としてはたらいていた経験があるから、そんなことをいうのである。

「まあ、何にしても楽な役目も商売もないってことだろう」

「そうですね。升屋もそうですよ。傍目《はため》には商売がうまくいっているように見えるかもしれませんが、金を儲けるってことはなかなか大変だというのが、升屋に雇われてわかったことです」

「そういうもんだろうな」

官兵衛が訳知り顔で答えると、

「ところで百合さんとはうまくいってるんですか？」

定次がめずらしいことを聞いてきた。

官兵衛はちょっと嬉しくなった。なにせいま、もっとも可愛い女のことである。

それなのに、兼四郎も定次もあまり百合の話をしない。そのことに官兵衛は少し寂しさを覚えていた。

あるいは、兼四郎も定次も百合のことを気に入っていないのだろうかと、勘繰《かんぐ》ってもいたのだ。

「うまくいっているさ。あんないい女には滅多に会えるもんではない。なによりおれと相性がよい。よすぎるぐらいだ」

「へえ……」

「へえではない。ほんとうさ。まず、気立てがいいのだ。小さなことにはこだわらない鷹揚《おうよう》な女でな。それにはたらき者でまめで、男を立てることをよく知っている。なによりおれと、ウヒヒ……」

官兵衛は百合のむちむちとした体を想像し、思わず奇妙な笑いを漏らした。

定次が訝しそうな目を向けてくる。

「そのあれだ。何というか、あの体がいいのだ。白くてむっちりした肌はすべすべして吸いつくようなのだ。あれをほんとうの柔肌《やわはだ》というのだろう。定次、おまえは……」

そんな女を知っているかと聞こうとしたが、行灯だけの暗い部屋なのに、定次が顔を真っ赤にしているのがわかったので、官兵衛は口を閉ざした。

「こんな話は嫌いか?」

「あ、いえ、そんなことはありませんが……そうですか」

「わかっているのか。まったく、女は気立てのよさだけではいかんのだ。おのれに合う肌というのがある。おまえもそういう女を見つけることだ」

「あ、はい」

上《うわ》の空《そら》で定次は答えて、菊屋に目を戻した。

官兵衛も菊屋を見るが、脳裏《のうり》に百合の豊満《ほうまん》な体が、それもなにひとつ身に纏っていない姿態《したい》が浮かびあがる。

昨夜もそんな百合とたっぷりまぐわった。それこそ上になったり下になったりの組んずほぐれつである。

（ああ、また今夜も……）

官兵衛は見張りなんぞ放り出して帰りたくなった。

「あ、出てきました」

定次の声で、官兵衛は我に返った。菊屋に目を向けると、身なりのよい侍といっしょに主の甚兵衛が表に姿をあらわした。

侍は駕籠に乗り、甚兵衛は深々と頭を下げて見送る。

「定次、駕籠を追うんだ」

官兵衛はすっくと立ちあがると、急いで一階に下り、裏の勝手口から表通りに出た。定次があとに従っている。

侍を乗せた駕籠はまだ遠くには行っていないが、日本橋のほうへ向かっている。官兵衛と定次は、十分な距離を取って駕籠を追った。

駕籠は日本橋をわたると左へ曲がり、一石橋《いちこくばし》の北詰を右に曲がった。そのまま内堀沿いに進んでいく。

駕籠提灯がゆらゆら揺れ、二人の駕籠舁きは「エイホ、エイホ」と、低めたかけ声をかけて進む。急いでいる様子ではない。駕籠のそばに供はいない。

歩く。


「どこへ行くんだ？」

官兵衛がつぶやけば、

「いったいどういう侍なんでしょう？」

と、定次が疑問を口にする。官兵衛は答えられないまま、駕籠から目を離さず
月が雲に隠れたり姿を見せたりしている。半月である。とろっと油を流したように静かな堀の水面《みなも》が、その月を映していた。

駕籠は竜閑橋《りゅうかんばし》をわたり、鎌倉河岸《かまくらがし》に出ると「小野屋《おのや》」という店の前に止まった。そのまま侍は駕籠を下り、店のなかに消える。

小野屋は有名な料理屋である。とくに泥鰌《どじょう》料理が評判だ。

官兵衛と定次は商家の暗がりに隠れて、どうするか相談した。

「ここまで来たんです。あの侍が何者かぐらい探らなきゃ帰れませんよ」

「しかし、どうする？」

官兵衛は小野屋を眺めて思案する。

「あっしらもあの店に行きましょう」

「高そうな店だぞ」

「ここまで来たらケチなことはいいっこなしです」

官兵衛はひょいと首をすくめると、小さな空咳《からせき》をひとつして指先で襟《えり》を正し、ならばまいろうと暗がりから出た。

三

官兵衛は小野屋に入ると、迎えてくれた年増女中に威厳《いげん》を張って声をかけた。

「小座敷はないのか？」

そう訊ねるのは、最前の侍が広座敷にいないからだった。

「三部屋ございますが、空いているのは二部屋です」

すると、その一部屋に最前の侍がいるということになる。

「では、小座敷を頼もう」

年増の女中は「では、こちらへ」と案内してくれる。

土間を少し入ったところの右側に小座敷が並んでいる。それも三つ。使われている部屋の障子にあかりがあるので、先ほどの侍はそこにあがったようだ。雪駄《せった》が二揃え。

女中は具合よく隣の座敷へ入れてくれた。二畳ほどの広さで小ぎれいな部屋だ。木槿《むくげ》の一輪挿《いちりんざ》しがあり、小さな軸《じく》が掛けてある。庭側の障子は開けられており、虫の声が聞こえてくる。

女中は行灯をつけると、品書きを持ってくるといって下がった。

「品のある店だな」

官兵衛は小座敷をぐるりと見まわして定次を見る。

「壁はうすいです。話し声が聞こえます」

定次は壁に耳をあててささやく。

「うむ」

先刻の女中が茶といっしょに品書きを持ってきた。半紙《はんし》に流麗《りゅうれい》な文字で料理が書かれていた。

官兵衛はさらっと眺めて、天麩羅《てんぷら》と貝の刺身、だし巻き玉子、そして酒を二合注文した。女中はすぐにといって下がる。

障子が閉められると、定次が壁に耳をつける。官兵衛も耳をつける。

「菊屋は手こずっておるようだ。あやつを頼りにしたが、手間がかかってならぬ」

少ししわがれた声は、先ほどの侍のようだ。

「すると、まだ話はまとまっていないのでございまするか……」

　この声は少し若い。

「まだだ。先ほど話をしてきたが埒が明かぬ。菊屋があのように大商いができるようになったのは、このわしのおかげだというのがわかっておらぬのだ。わかっていても、なんともまあ頼りないものだ」

「村瀬《むらせ》様、お腹立ちはわかりますが、いましばらく様子を見られたらいかがでしょう。このようなことは急《せ》いてはなりませぬよ」

「なにを申す。さんざん待っておるのだ。そろそろ話がついただろうと思い菊屋に会えば、へいこら頭を下げ、いましばらくお待ちをというだけだ」

　そこまで聞いたとき、女中が酒とだし巻き玉子を運んできた。官兵衛と定次は壁から耳を離し、座り直して折敷《おしき》にのせられる料理を眺め、酒を酌《く》みあった。女中が下がって障子が閉められると、官兵衛と定次はすぐに壁に耳をつける。

「……これ以上は待てぬ。相沢《あいざわ》、何かよい知恵はないか？」

「知恵とおっしゃいましても、拙者《せっしゃ》にはすぐには思い浮かびませぬ。知恵ならば幕府御使番《おつかいばん》として腕を揮《ふる》ってこられました、村瀬様のほうがおありでしょうに……」

「ふん。大名相手ならいくらでも知恵をはたらかせることはできるが、商売人がこうも扱いにくいとは思いもいたさなかった。たかが料理屋の一軒だと思っておったが……」

短い沈黙があった。

官兵衛は息を殺し、定次と目を見交わす。

菊屋を訪ねたのは、村瀬という公儀《こうぎ》御使番らしい。御使番は役高《やくだか》一千石で菊の間に詰める重臣である。身分は無位無官《むいむかん》の布衣《ほい》でお目見えであるが、諸国大名家に目を光らせ、国政の後見《こうけん》と監察《かんさつ》をするので、その権力は想像以上である。

短い沈黙を破ったのは、相沢という男のほうだった。

「村瀬様、もう一度脅してみたらいかがでしょうか。相手がさようにしぶといのであれば、やはり思い知らせるほうが手っ取り早いと思いまするが……」

「おぬしもさように考えるか。ふむ……」

また女中がやってくる気配があったので、官兵衛と定次は壁を離れ、折敷にのっている料理を挟んで向かい合った。

女中は商売用の笑みを絶やさず、天麩羅と刺身を置いて下がった。障子が閉まる。

官兵衛は料理ののっている折敷を動かし、壁に耳をつけながら刺身をつまみ、玉子を頬張《ほおば》り、天麩羅をむしゃむしゃ食う。行儀悪く酒も飲む。

「菊屋をいくら急き立てても、手間取るばかりなら致し方ございますまい」

相沢の声である。

「やはり……」

「お急ぎならば……」

「ふむ」

「手は打ちますが……」

「さようだな。この村瀬四郎左衛門《しろうざえもん》を安く見られては困る。三百両という大金を積むといっておるのに断るとは、腹立たしいにもほどがある」

「いかがされます？」

また短い沈黙があった。

村瀬四郎左衛門という御使番は思案しているのだろう。

官兵衛と定次は壁に耳をつけたまま、息を殺して目を見交わす。

「よし。頼まれてくれるか」

「相沢新右衛門《しんえもん》、村瀬様のためとあらば……」

「しかれども、不始末があってはならぬ。よきに計《はか》らってもらわねば」

「御意《ぎょい》にござりまする」

「では、さようなことに……」

「これは恐縮でございます」

相沢新右衛門は村瀬から酌を受けたようだ。もしくは金でも受け取ったか……。

官兵衛は息を殺したまま顔を緊張させた。こんなところで悪事の密談とはあきれるが、悪党の考えることは斯様《かよう》なことなのかと思う。

「では、拙者はお先に失礼つかまつりまする」

「気をつけて帰れ」

官兵衛はさっと定次を見て、低めた声で指図をした。

「相沢が帰る。尾けろ」

定次は無言でうなずくと、そっと障子を開けて小座敷を出て行った。

官兵衛はそのまま嘗めるように酒を飲み、隣にいる村瀬が手をたたいて、女中を呼び勘定を頼むと、先に帳場へ行き勘定をすませ、そのまま表に出た。

駕籠舁きに見つからないよう暗がりに体を溶け込ませていると、村瀬四郎左衛門が表に出てきて駕籠に乗った。

官兵衛はそのあとを気取《けど》られぬように尾けはじめた。

四

春之助は小吉と手をつないで、坂の上に立っていた。兼四郎はそれを坂下から眺めているが、そばには咲がいた。

「裏切りやがったな」

春之助が歯をギリギリ鳴らしてにらんでくる。

「母上……」

小吉がべそを掻きそうな顔で咲に声をかけた。咲が何か言葉を返したが、兼四郎にはよく聞き取れなかった。

坂の上を風がビュウビュウ鳴りながら吹いている。雲は飛ぶように動いていた。

「咲はおれのものだ」

兼四郎が春之助に声をかけると、

「きさまというやつは！　咲、おまえも許すことはできぬ！」

春之助が刀を振りあげて坂を駆け下りてきた。脱兎の勢いである。

兼四郎は斬られてなるかと、刀を抜こうとするが、抜けない。焦っていると、春之助はもうそこに迫っている。

「覚悟ッ!」

春之助の体が躍《おど》りあがり、白刃《はくじん》が日の光をはじき返した。兼四郎はまだ刀を抜けない。

(斬られる。いかん)

「咲、逃げるのだ!」

そう声をかけて近くを見たが、咲の姿はない。視線を前に戻すと、春之助の刀が唐竹割《からたけわ》りに脳天に撃ち下ろされてきた。

「うわー!」

兼四郎はガバッと半身を起こした。

一瞬そこがどこかわからず、まわりを見まわし、自分の長屋だと気づき、

「悪い夢を見た」

と、独りごちて首を振った。脇の下に汗を掻いていた。

昨夜府中から戻ってきたが、短かったとはいえ急ぎ旅だったので、体が疲れていた。官兵衛や定次のことが気になっていたが、家に戻ってくるなり倒れるように夜具に横になると、そのまま泥のように眠っていたのだ。

兼四郎は夜具を抜け出し、井戸端で顔を洗った。長屋の者が挨拶をしてくるので、丁寧に言葉を返す。

亭主連中が出払った長屋には、女房や子供、そして居職《いじょく》の職人がいるぐらいで静かだ。

空を眺めると、すっかりあかるくなっている。

（これはいかん）

急いで自分の家に戻ると手際よく着替えをし、升屋に向かった。刀は差さず、無腰のままである。

歩きながら府中でのことを思い出した。

道場破りの盗賊の一件は片がついたが、春之助ともっとゆっくり話をしたかった。積もる話はあるのだ。春之助も同じ思いだっただろう。

しかし、寿々の相談事を抱えている。ゆっくりしてはいられない。

（それにしても、ひどい夢を……）

兼四郎は歩きながら苦笑する。

麹町の通りに出ると、人が行き交っている。府中宿とは大違いだ。通りの両側にある店も暖簾をかけ、小僧が盛んに呼び込みの声をあげている。店の看板も暖簾もそれぞれで、色とりどりである。

やはり江戸は違うなと、あらためて感じ入る。

升屋の近くまで来て足を止めた。間口三十六間の大店の前には三台の大八車が止められており、軒下には等間隔に天水桶が置かれている。岩城升屋と染め抜かれた暖簾がずらりと長く垂れており、緩やかな風に揺れていた。立派な「現金掛け値なし」という立て看板と掛け看板もある。

兼四郎は表ではなく、裏から店を訪ねた。店の表には出ない女中らが、洗濯や台所仕事をしている。

適当な女中に声をかけ、定次のことを訊ねると、少し待たされた。

「朝早く出かけたまま帰っていないそうです。どうしましょう？」

女中はまだ二十歳前らしく、あどけない顔をしている。

「ならば、旦那はいるかい？」

「いらっしゃいますが……」

女中は兼四郎を警戒するように見てくる。

「わたしは八雲兼四郎という。旦那にそう伝えてくれればわかるはずだ」

へえ、と返事をして女中はまた店の奥に消えた。

待つほどもなく九右衛門がやってきた。ゆで卵のようにつるんとした顔と、うすい眉はいつもと変わらない。

「八雲様、お待ちしておりました。話は定次から聞いております」

「定次はどこへ行っているかわかるか？」

「言付かっています。三丁目の『おてつ』の隣にある茶屋で待っていてくれとのことでした。昼にはそこへ行くと申しておりました」

「いま何刻《なんどき》だろう？」

「もう四つ半（午前十一時）にはなりましょうか……」

兼四郎は時刻を聞いて、そんなに眠りこけていたのかと、おのれのことながらあきれた。

「八王子のほうはいかがでございました？」

「片はついた。とんでもない悪党がいたものだ。だが、その話はあらためてしよう」

「はい、ゆっくり伺いたいものです」

「邪魔をした」

兼四郎は裏木戸から表に出た。「おてつ」というのは、牡丹餅《ぼたもち》が有名な菓子屋だ。その隣に茶屋がある。定次はそこを連絡場《つなぎば》にしているのだろう。

その茶屋の床几に座って小半刻もせずに、定次がやってきた。

「旦那……」

床几に座って茶を飲んでいる兼四郎に気づくなり、定次は駆け寄ってきた。

「八王子のほうはいかがでした？」

「その話はあとだ。それで調べは進んでいるのか？」

「へえ、大まかにはわかりましたが、こりゃあ、のっぴきなりません」

兼四郎は眉宇をひそめた。

「どういうことだ？」

「菊屋の裏で糸を引いていたのは、公儀御使番だったんです」

「なに……」

驚くしかない。

役高一千石の旗本である。それも大名に目を光らせる重臣だ。

「何故、御使番が……」

「その話はのちほど、ゆっくりします。とにかく官兵衛さんが見張っている場所へ案内します」

定次が先に歩き出したので、兼四郎はあとを追った。

五

「おれの家の近くではないか」

兼四郎は定次に案内された店に入るなりいった。

そこは平河町《ひらかわちょう》二丁目にある「金泉《きんせん》」という菓子屋だった。中年の夫婦が営《いとな》んでいる小さな店で、見張場は戸口を入って右側にある物置のなかだった。

物置には小麦粉や米、砂糖などが置かれており、官兵衛は大きな体を小さくして格子窓《こうしまど》から外を見張っていた。

「兄貴、やっと帰ってきたか」

官兵衛が糸のような目を細めて兼四郎を見た。

「どうなっているんだ？」

兼四郎は官兵衛のそばにしゃがんだ。

「いろいろ調べたが、やっと菊屋の後ろにいる野郎がわかった」

「さっき定次から聞いた。公儀御使番だというではないか」

「さよう。村瀬四郎左衛門という幕臣《ばくしん》だ。何故、お寿々の店をほしがっているのかわからぬ」

兼四郎は短く考えてから、

「それで、どこを見張っているのだ？」

と、聞いた。

兼四郎の問いには、定次が答えた。

「通りの向こう側に小さな書物問屋《しょもつどんや》があるでしょう。その隣の家です」

兼四郎は格子窓からその家を見た。

木戸門のある三十坪ほどの小さな一軒家だ。竹垣をめぐらしてあり、家の雨戸は閉め切られている。

「まさか、あの家が村瀬という御使番の家というのか……」

「そうじゃありません。村瀬四郎左衛門に使われているらしい浪人の家です。名は相沢新右衛門。どういうつながりかわかりませんが、家にはもうひとり浪人がいます」

「その二人は何者だ？」

「それがわからぬのよ」

と、官兵衛が答える。

「ですが、その二人の浪人は扇屋の者を狙うかもしれません」

兼四郎はそういう定次を見て眉宇をひそめた。

「狙う……」

「脅しをかけるんでしょう。ひょっとすると、また死人が出るかもしれません」

定次はそういって、昨夜、鎌倉町の小野屋で盗み聞きしたことを詳しく話した。真剣な顔で耳を傾けていた兼四郎は、あれやこれやと思案をめぐらした。

「すると、あの家の二人の浪人が扇屋に脅しをかける。だが、それはただの脅しではなく、またもや死人が出るかもしれないと……」

「村瀬という殿様は焦っているようだ。何故、扇屋をほしがるのかわからぬが、やきもきしている」

官兵衛だった。

「菊屋はどうなった？」

「村瀬四郎左衛門は菊屋に愛想《あいそ》を尽かしている。菊屋を使って扇屋を手に入れようとしているが、うまくいかぬからだ」

「お寿々は店を手放したりなどしないさ」

「だが、村瀬四郎左衛門はなにがなんでも手に入れたがっている」

兼四郎は短く沈黙して、考えを整理した。

「おまえたちはあの家を見張っているが、どうする気なのだ？」

「相沢新右衛門の顔はわかっているが、もうひとりの浪人の顔がわからぬ。それを拝んでおくためだ。いずれ、二人は組んで扇屋の者を襲う肚だからな」

「では、しっかり顔を見ておけ」

「兄貴、どうする気だ？」

「おれは栖岸院の和尚《おしよう》に会ってくる。それから寿々にも会わなければなるまい。そのあとで菊屋に行って主の甚兵衛を締めあげる」

定次が驚いたような顔をした。

「性急すぎやしませんか？」

「おまえたちの話を聞いたら、じっとしておれなくなった。あの家の浪人は今夜にでも動くかもしれぬではないか」

「あり得ることです」

「とにかくおれは栖岸院に行ってくる」

兼四郎はそのまま金泉を出た。

歩きながら村瀬四郎左衛門という公儀御使番のことを考える。役高一千石の重臣だ。

御使番は匙加減《さじかげん》ひとつで、大名の進退を決めることができる。それ故に、諸国大名は御使番にそれ相応の接待をし、神経を使う。それだけに御使番には役得がある。

栖岸院に入ると、まっすぐ母屋に向かった。境内にある銀杏《いちょう》がわずかに色づきはじめていた。庭にある楓《かえで》はまだ青いが、月が変わる頃には朱《あか》く色づくはずだ。

母屋の戸口前で訪《おとな》いの声をかけると、小僧があらわれた。見知った顔なので、笑みを浮かべて挨拶をしてくる。

「少し急いでいるのだが、和尚はおいでか？」

「いま檀家《だんか》さんとお話をされていますが、じきに終わると思います」

「ならば待たせてもらう」

小僧が小座敷にあげてくれたので、兼四郎は待つことにした。

栖岸院は旗本諸家の香華寺《こうげじ》として知られており、住職は将軍に単独で拝謁《はいえつ》できる〝独礼《どくれい》の寺格《じかく》〟を許されている。それだけに住職の隆観は、幕閣内に顔も利く。

兼四郎が隆観を訪ねた目的は、公儀御使番、村瀬四郎左衛門のことを調べたいためであった。隆観なら相談に乗ってくれるはずだ。

そもそも升屋九右衛門が兼四郎に、町奉行所の支配の及ばぬ犯罪の取締りを依頼するのも、隆観の意があるからであった。

隆観はかつて兼四郎にこういった。

——世の中には生まれてきてはならなかった人間もいる。獣《けもの》にも、害ある虫にも劣る人間だ。それこそ、畜生であり餓鬼《がき》である。そのような者は早く地獄に落とさなければならぬ。

そして、兼四郎に「浪人奉行」と名付けもした。

——無宿《むしゅく》の悪鬼《あつき》を退治する浪人奉行だ。誰にも縛られることなく、ただ正義の道を進む、どこにもおらぬ浪人奉行。

と。

「お待たせいたしました。八雲様、奥の間へおいでくださいまし」

あれこれ考え事をしていると、先ほどの小僧があらわれた。

兼四郎は隆観のいる座敷に移った。庭を背にして座っている隆観は、兼四郎を見るなり柔和な笑みを浮かべながら迎えてくれた。

「久しく会っておらなんだが、達者のようでなによりじゃ」

「和尚もお変わりないようで安心いたした。ところであまり暇がないので、早速相談したいことがある」

「なんじゃや？」

隆観は半白髪《はんしらが》の眉を動かした。

大きな福耳にぼそっと毛が生えているのは相変わらずだ。

「和尚は公儀御使番をご存じであろうか？」

「存じておるが、直接知っている方はおらぬ。いったいどういうことで……」

兼四郎は寿々の店が、日本橋の薬種問屋、菊屋に乗っ取られようとしていることを手短に話した。

「されど、扇屋をほしがっているのは、菊屋ではなく、公儀御使番の村瀬四郎左衛門殿だというのがわかった。菊屋を動かしているのも、その村瀬殿だ」

さらに兼四郎は、扇屋の奉公人が辻斬りにあい怪我をし、また不審な死を遂《と》げた者もいると付け加えた。

「すると、扇屋を手に入れたいがために、その村瀬様が背後で動いていると……」

隆観は眉を動かして目を見開いた。

「村瀬殿は焦っている様子。手下を使って再び扇屋に災いをもたらす暴挙に出そうな気配もある。黙って見過ごすことはできぬ」

「ふむ。さようなことが……」

「村瀬殿がどんな人であるか、それを探ってもらいたいのです。それも急いで」

隆観は小さくうなったあとで、兼四郎をまっすぐ見た。

「承知いたした。すぐに手を打つといたそう」

六

「いろは屋の……」

出てきた女は少し怪訝そうな顔をした。

「兼四郎という。大女将のお寿々さんが贔屓にしてくれている飯屋の者だ」

「少しお待ちください」

女はそのまま奥に消えた。色白で賢そうな顔をしていた。器量もよい。女中だろうかと勝手に推量していると、寿々が下駄音を立ててやってきた。

「なんだい大将、あんたどこへ行っていたのよ。何度も店に行ったのに」

「すまん。いろいろと用があってな」

兼四郎は飯屋の亭主らしく頭を下げる。

「例によって、何だかわからない野暮用だったのかもしれないけれど、わたしの……」

「すまん、すまん」

春之助の件で八王子に行っていたことは伏せ、兼四郎が謝って遮ると、

「それでどうなの？」

と、寿々は真顔になり、こんなところで立ち話は何だから奥にあがってくれといざなう。

店はまだ開店前で静かだった。窓を開け放し、風を入れている。小ぎれいな店で、入れ込みの座敷の他に小座敷があり、二階につづく階段があった。

寿々が案内したのは階段そばの客座敷だった。

「いい店だな」

「苦労してやってきた〝お城〟ですよ。みんなに助けてもらって、ここまでどう

にかやってこれたのよ」

そこへ先ほどの女が茶を運んできた。

「大将、うちの娘よ。お琴というの。わたしの代わりに店を切りまわしてくれているの。お琴、麴町にあるいろは屋というお店の大将なの。いい人だからお世話になっているんだよ」

「そうとは知らず失礼いたしました。お琴でございます」

兼四郎は寿々の娘と知り、少し意外な気がした。あまり似ていないこともあるが、どこへ出しても恥ずかしくない器量よしだ。

「いや、こちらこそお寿々さんにはお世話になっています。娘さんでしたか」

お琴は少し照れたように笑んで、ゆっくりしていってくれといって下がった。

「あの子がそうだったのか……」

「そうよ。大将の店のことも大将の話もしていなかったから、驚いたんじゃないかしら。それはそうと、どうなっているのさ」

「うむ、そのことだ。脅すつもりはないが、この店をほしがっているのは、村瀬四郎左衛門という公儀御使番のようだ。その殿様が、菊屋に頼んで掛け合いをさせていたのがわかった」

「それで……」

　化粧気のない寿々は思いのほかしわが多く、いつもより老けて見えた。実際の年齢は五十を超えているのかもしれない。

「おれが相談をした人は、ちゃんと話をつけるといっている。何しろ、この店によからぬ災いがあったと知り、いくら幕府の重臣であろうと不正は糺《ただ》すべきだとおっしゃっている」

「その人は何者なの？」

「お寿々さん、それは勘弁《かんべん》願う。その人も他言無用だとおっしゃるんだ。だが、この店に害が及ばぬよう計らうと約束された。おれとは長い付き合いなのだが、正体はあかせねえんだ」

「信用できる人なのね」

　寿々は疑い深い目で兼四郎を見る。

「できる」

　兼四郎ははっきりいって、言葉をついだ。

「だから、もう少し待ってくれ。菊屋はその後どうなのだ？」

「あれから来ていないわ。でも、妙な二人組が店のまわりをうろついているの」

「妙な二人組……」

「正体はわからないんだけど、何度かわたしも見ているし、女中たちも気味悪がっているわ。町の親分に見廻りを頼んだけど、あやしいやつはいないといってやめちゃったのよ」

兼四郎はひょっとすると、官兵衛と定次だったのではないかと思った。

「とにかく数日で話はつくはずだ。それまで待ってくれねえか」

「すると二、三日のうちに話がつくのね」

「そのはずだ」

寿々は考えるように視線を泳がせて、

「わかったわ。大将を信じるしかないものね。ほんとうは他の人になかに入ってもらおうかと考えていたのよ。だけど、二、三日なら様子を見ることにするわ」

と、兼四郎をまっすぐ見た。

「すまんが、待ってくれ。またなにかあったら知らせに来るよ」

兼四郎がそういって立ちあがりかけたとき、初老の男が座敷前にあらわれた。

「あれ、お客様でしたか」

初老の男は額《ひたい》にしわを走らせて兼四郎を見た。

「うちの番頭さんよ。徳蔵さん、いろは屋というお店の大将よ」

寿々がそう紹介した。

「こりゃあ、お初にお目にかかります。お取り込み中でしたら、あとにします」

徳蔵は遠慮して下がろうとしたが、

「もう終わったからいいわ。話だったら聞きますよ」

と、寿々が応じたのを見て、

「それじゃ、そういうことなので……」

と、兼四郎は席を立ち、徳蔵を見て軽く会釈《えしゃく》をした。

扇屋を出た兼四郎は一度長屋に帰り、羽織袴に着替え、大小を腰に差して定次と官兵衛が見張りをしている金泉へ行った。

「兄貴、もうひとりの浪人の顔はわかった。さっき、表に出てきたときに顔をはっきり拝んだ」

兼四郎が見張場に行くなり、官兵衛が報告した。店からの差し入れだという蒸《ふ》かし芋《いも》を頬張っていた。

「いったい何者なのかわからぬか？」

「定次が大家に聞きに行っている。じきに戻ってくるだろう。栖岸院での用はすんだのかい？」

「和尚は幕府に顔が利く。村瀬四郎左衛門がどんな男なのか探ってくれと頼んできた」

「頼もしいことだ。この芋もうまいぜ」

官兵衛は蒸かし芋を勧めたが、兼四郎はいらないと断り、二人の浪人が住んでいる家に目を向けた。

「八王子はどうだったのだ？」

官兵衛が聞いてくる。

兼四郎は不動の仁五郎らがどんな悪事をはたらき、どういう経路で江戸を目指していたか、また、倉持春之助と府中宿で会うことができ、その後どんな顚末《てんまつ》になったかをざっと話してやった。

「悪党のわりには稼ぎが少なかったのではないか」

「それでも百両ちかくはあった。七人で山分けするとしたらさほどの高にはならぬが、田舎での稼ぎとしては悪くなかったのだろう」

「そうはいっても、罪もない人間を……」

官兵衛はあきれたように首を振り、そやつらの気が知れぬといって吐息を漏らした。

「この世にはそういう輩がはびこっている。そんなやつらに苦しめられ、命を絶たれる者もいるということだ。まさに畜生にも劣る人間たちだ」

「おのれさえよければ、他人のことなどどうでもいいというやつは、たたっ斬るしかない。相手が鬼なら、おれはもっと鬼となって戦うぜ」

官兵衛は憤《いきどお》って、芋をがぶりと頬張り、いきなり咽《む》せ、慌てて茶を飲んだ。

兼四郎は町屋の屋根越しに見える青い空を眺めた。

仁五郎に斬られた小野寺勘助の顔が脳裏に浮かんだ。

（あの男はまだ性根が腐っていなかったはずだ。それなのになぜ、非道な連中と行動を共にしていたのだろうか）

その答えを得ることはできないが、

――おれは斬り合いはごめんだ。これ以上無駄な殺しはやりたくない。

と、勘助はいって、仁五郎に逆らい、そして背後から斬られた。その仁五郎に勘助は恩義があるといった。

小野寺勘助は仁五郎に対し、抜き差しならぬ恩があった。そう考えるしかないが、仁五郎にも人としての一面があったのかもしれない。それが本性だったのかどうかは闇のなかだが、虚《むな》しいことである。

「兄貴、定次が戻ってきた」

ふと背後を見ると、定次が入ってきたところだった。

「わかりました。大家に聞いたんですが、相沢新右衛門は元は御先手組《おさきてぐみ》の同心だった侍です。粗相《そそう》があったのかどうかわかりませんが、役目を外されたそうです。それから、あの家に出入りしているもうひとりの浪人は吉山伝兵衛《よしやまでんべえ》という名だそうです」

「その浪人は何者だ？」

「大家もそれはわからないと首を振ります。知りたければ相沢さんに聞いてくれというだけです。あ、大家にはこのことは口止めしてきたんで心配いりません」

「相沢と吉山は、いまもあの家にいるのか？」

兼四郎は通りの向こう側にある相沢の家を見て問う。

「いる。吉山という男がさっき買い物をして戻ったばかりだ。それにしても、昼間だというのに雨戸を閉め切ったままで、いったい何をやっているのやら……」

官兵衛はそう応じて相沢の家を眺める。

兼四郎は官兵衛に、ここで見張りをつづけるようにいってから、

「定次、おれについてきてくれ。これから菊屋に行く」

と、いった。

「菊屋へ行ってどうする気だ？」

官兵衛が聞いてくる。

「主の甚兵衛と話をする」

「そんなことをしたら、村瀬四郎左衛門に筒抜《つつぬ》けになるのではないか」

官兵衛が少し慌て顔をした。

「懸念無用だ。考えがある」

兼四郎は腰をあげると、定次を誘って金泉を出た。

七

兼四郎は定次を伴い、内堀沿いの道を辿った。秋めいた爽《さわ》やかな風が、土手に咲く野花やススキを揺らしている。

堀には十数羽の鴨《かも》が泳いでおり、堀向こうには白漆喰《しろしっくい》の江戸城の長塀《ながべい》がある。長塀にのぞく木々の葉はまだ青いが、もう半月もすれば庶民の目を和ませる紅葉《もみじ》になるはずだ。

兼四郎はこの先のことを、あれこれ思案していた。

そんな様子を、定次が何度か訝しそうに見てきた。

「旦那、菊屋と直接話すってことですか？」

定次が痺《しび》れを切らして口を開いた。

「うむ。こうしよう……」

兼四郎は考えをまとめたように遠くに視線を投げた。

「おれは公儀目付ということにする。おまえはおれの手先だ。怪しまれはしまい」

「しかし、目付と名乗って村瀬様の耳に入ったらどうします？」

「心配はいらぬ。目付はご城内に目を光らせているばかりでなく、旗本や御家人の不正を取り締まり、必要とあらば身分かまわず調べもするという。公儀御使番は大名に目を光らせているが、その御使番は目付の動きには注意を払っているはず。心やましいものがあればなおのことだ」

「……村瀬様は、扇屋を買い取りたいがために、菊屋を動かしているだけではありませんか」

「だが、扇屋の板前が死んでいる。辻斬りにあって怪我をした者もいる。村瀬殿が糸を引いているという証拠はないが、おれは関わっているような気がしてならぬ」

「二人の浪人もいますからね」

「うむ」

兼四郎はまた沈黙して歩いたが、しばらくして口を開いた。

「おまえと官兵衛は村瀬殿と相沢新右衛門の密談を聞いているが、何やら不穏ではないか。それも狙いは扇屋だ。もし、扇屋に脅しをかけるとすれば、誰を的《まと》にするだろうか？」

「そりゃあ女将のお寿々さんでしょうが、そうなると話し合いができませんね」

「すると、若女将のお琴か……」

「考えられます。しかし、お琴は店が忙しく、あまり外出をしません。脅しをかけるには手間がかかりはしませんか……」

そういう定次を兼四郎は眺めた。

「扇屋のことを調べたのだな」

「あらかた調べました。ひょっとして、菊屋とつながっている奉公人がいるんじゃないかと思いましたので……。そんな者はいませんでしたが……」

定次は町方の手先をやっていただけに、調べることにそつがない。そのとき、ふいに兼四郎に閃《ひらめ》いたものがあった。

扇屋の番頭、徳蔵と定次は年こそ違え、背恰好《せかっこう》が似ているのだ。

「お寿々でもなく若女将のお琴でもなければ、つぎは誰だと思う?」

「相手は焦っているようなので、一介の使用人をどうこうしようとは考えないのではないでしょうか。もっとも、大女将と若女将は外出をあまりしないので狙いにくい。とすれば、内証《ないしょう》を預かっている番頭あたりじゃないでしょうかね」

定次はさりげなくいったが、兼四郎もおそらくそうではないかと思った。

「あの番頭は通いですから。店から帰るときなら狙いやすいはずです」

「そうだな。あの番頭なら……」

兼四郎は最前会ったばかりの徳蔵の顔を思い出した。

「旦那、もし今夜、番頭が狙われるようなことがあったら……」

定次がハッとした顔を向けてきた。

「うむ、その前に何とかせねばならん。とにかく菊屋に会おう」

日本橋からの目抜き通りである通筋の両側には、商家がひしめき合っている。間口一軒の店も少なくないが、大店が多い。菊屋も大きな薬種問屋だ。

暖簾をくぐって店に入ると、帳場に座っている二人の番頭に、主、甚兵衛の所在を訊《たず》ね、

「拙者は公儀目付の八雲兼四郎という。折り入っての話があるので、すぐにも取り次いでくれぬか」

慇懃《いんぎん》に、いかにも幕府役人らしくいうと、番頭は恐縮の体《てい》で甚兵衛を呼びにいった。兼四郎はこのことを考えて羽織袴に着替えていたのだ。

待たされることもなく甚兵衛があらわれた。公儀目付と知らされたせいか、表情をかたくしたまま畏《かしこ》まって座るなり、深く頭を下げる。

「甚兵衛、店先でできる話ではない」

兼四郎がそういうと、甚兵衛はすぐさま客座敷に案内してくれた。手代を呼んで茶を運ばせようとしたが、

「手間は取らせぬので、茶は遠慮いたす」

と、兼四郎が断ると、障子を閉めて手代は去った。

兼四郎はまっすぐ甚兵衛を見据える。甚兵衛は大きく頭の禿げあがった小男だった。さすがに大店の主らしく、絹の着物に柿渋《かきしぶ》の羽織というなりは立派である。

「直截《ちょくせつ》に訊ねるが、このことかまえて他言してはならぬ。よいな」

「はは。畏まりました。どんなご用件でございましょう……」

甚兵衛は見るからに落ち着きをなくしている。

「そのほう、公儀御使番の村瀬四郎左衛門殿を存じておるな」

「はい、存じております」

血色のいい顔が引きつっている。

「調べでは村瀬殿とよく通じているらしいが、いったい何故さような仲であるのか？」

「あ、それは……」

「よいか、菊屋。これは人の生き死にに関わる重大なる用件である。偽《いつわ》りを口にすることは罷《まか》りならぬ。万にひとつ、嘘や方便を口にし、後日それが偽りとわかれば、その首が飛ぶことになるやもしれぬ。心して答えよ」

「はは」

甚兵衛の顔色が変わった。

「申すのだ」

こういったときは言葉少ないほうが相手への威嚇《いかく》となる。

「その、村瀬様は、当方にとってなくてはならないお方でございます。わたくしが小さい商いをしていましたときに、面倒を見てくださりまして、大名家や御殿《ごてん》医《い》様などにも便宜《べんぎ》を図《はか》ってくださり、そのおかげでいまがあるんでございます。村瀬様にはひとかたならぬ恩義がございます」

「村瀬殿には足を向けて寝られない。さようなことであるか」

「いかにもさようでございます」

「ときに菊屋、おぬしは四谷の扇屋を知っておるな」

甚兵衛の小さな目が驚きに見開かれ、ますます体を硬直《こうちょく》させた。

「扇屋を譲り受けたいと掛け合っているそうだが、そのじつ、扇屋をほしがっているのは村瀬殿ではないのか？　嘘は罷りならぬぞ」

兼四郎がぐっと目に力を入れると、甚兵衛の額にじわりと汗がにじんだ。

「はは……それはたしかに、村瀬様が手に入れたいとおっしゃいますので、わたしが足を運び、話をしているところでございます。譲り受けたならば、当方が表向きの主になり、店を仕切ることになっております」

「表向き……すると、仮の店主になるということであるか」

「は、まあ、さようなことになるかと……」

甚兵衛は掌で額に浮かんだ汗を押さえた。

「ふむ。さようなことであったか」

「あ、あの、何か都合が悪いんでございましょうか。わたしは殿様の相談を受けて、扇屋と話を進めているだけなんでございますが……」

甚兵衛は救いを求めるような目を向けてきた。

「承知。いまひとつ訊ねる。村瀬殿についている浪人がいる。相沢新右衛門と吉山伝兵衛という者だ。知っておるか？」

「お目にかかったことはありますが、話をしたことはありません。ですが、お二人とも殿様の仲立ちがあり、近く仕官されると聞いております」

なるほど、そういうことかと、兼四郎は朧気ながら納得した。

「扇屋との話であるが、つぎはいつであろうか？」

「はあ、それは殿様に少し待つようにといわれております」

「何故？」

「殿様に何かお考えがあるんでございましょう。じつはわたしと扇屋さんとの話が進まないので、お叱りを受けたばかりでして……」

顔色の悪い甚兵衛はもじもじと膝を動かす。

「ふむ、さようであったか。まあよかろう。菊屋、くれぐれもこのこと他言いたすでないぞ」

「はは、畏まりましてございます」

甚兵衛は深々と頭を下げた。

八

役高一千石の公儀御使番、村瀬四郎左衛門の屋敷は、麹町四丁目から北へ向かった武家地にあった。幕府の要職を務めている旗本が多く住む地である。

四郎左衛門の屋敷は、要職に就いている者としては小さく、五百坪ほどしかない。まわりは千坪を超える屋敷が多いので敷地面積では見劣りする。

四郎左衛門はもとは一介の書院番士《しょいんばんし》で、さほど出世を見込める男ではなかった。だが、知恵者であり、あの手この手を駆使していまの地位に成りあがった。

拝領《はいりょう》屋敷が小さいのは、目立たない貧乏旗本だった父の家督《かとく》を継いでいるからである。

しかし、見栄《みえ》はある。周囲の屋敷に比べて見劣りのする冠木門《かぶきもん》を壊し、立派な長屋門《ながやもん》に造り替え、土塀《どべい》も壊して金のかかる海鼠壁《なまこかべ》を屋敷にめぐらした。屋敷全体は狭いが、構えは立派である。

それでも四郎左衛門は満足していない。

していないのに、隠居の時期が差し迫っている。隠居すれば役高一千石はなくなる。残るのはわずかな家禄《かろく》のみだ。

継嗣《けいし》はあるが、とても出世の見込みのないずぼら者だ。

武芸は苦手、学問も嫌いときている。そのくせ酒色《しゅしょく》に溺れている。村瀬家の将来はあかるくない。

それ故に、四郎左衛門は安泰《あんたい》な老後を送るために、知恵を絞ってきた。それが、立派な料理屋を持つことだった。

だが、幕府の要職を務めた者が商売をやるのは甚《はなは》だ外聞《がいぶん》が悪い。馬鹿にされることは必至。陰口《かげぐち》をたたかれるのも目に見えている。

しかし、稼ぎ口はない。ないから考えたのだ。いまの世の中、武士より金を持っている商人が多い。幕臣のなかには商売人に頭を下げて金を借りる者も少なくない。

ならば、おのれも何か商売をと考えた。それが料理屋であった。もちろん、自分が表立ってやれば小馬鹿にされるのはわかっている。

だから、菊屋を主に仕立てることを思いついた。菊屋は小商いをしている頃から面倒を見てきた。そのおかげで商売を大きくし、いまや日本橋通三丁目に立派な店を構えた。それもこれも四郎左衛門の援助があったからだ。

四郎左衛門は菊屋の主、甚兵衛に諸国大名家や幕府重臣を紹介した。いまや御殿医も、菊屋から薬を仕入れるようになった。

そもそも甚兵衛に肩入れをしたのは、風邪をこじらせた馬鹿息子が高熱を発し死にそうになったとき、菊屋の薬が効いたということに端を発している。

医者の処方する薬はまったく効かなかったのに、菊屋の薬は一発で効力を発揮し、馬鹿息子は一命をとりとめた。

いや、あの倅が放蕩者《ほうとうもの》になったのは、あの風邪のせいではないかと思うこと度々《たびたび》だ。いまも縁側に座って庭を眺めている四郎左衛門は、そのことを考えたばかりだった。

（待てよ、待てよ）

先ほどからあれこれ考え事をしている四郎左衛門は、おのれを戒《いまし》め、もう一度思案に耽《ふけ》った。いまやるべきことは、扇屋を譲り受けることだ。

扇屋は立地がよい。何より金のある大身旗本が多く住まう番町に近い。近隣には大名家もある。自分が仲介すれば、裕福な旗本や大名が贔屓にするはずだ。大金を出資することになるが、元はすぐ取れる。その自信もあった。

しかし、菊屋に交渉をさせてはいるものの、難航つづきである。色よい返事はいっこうにもらえない。三百両という大金を積むといっているのに、話は成立しない。

菊屋を表の料理屋の主に仕立てるのはよいが、

(あの男に掛け合いをまかせてはおれぬ)

というところに、四郎左衛門の考えは行きついている。

(やはり、もう一度脅しをかけるか。それも扇屋の大女将がふるえあがるような脅しでなければならぬ)

よし、やろうと四郎左衛門は肚を決めた。

何であろうと、ひとつ事を成し遂げるために犠牲はつきもの。自分もそうやっていまの地位を築いたのだと、四郎左衛門はおのれにいい聞かせる。事に臨《のぞ》んで躊躇いなどあってはならない。

「作次《さくじ》、作次や!」

四郎左衛門は手を打ち鳴らし、庭仕事をしていた下男を呼んだ。

その頃、兼四郎は栖岸院の住職、隆観と会っていた。

二人は本堂の階段に腰を下ろしている。

「まさか、こんなに早く調べがつくとは……」

兼四郎は思いもしなかったという言葉を呑んで、隆観を見た。

「そなたが聞いてきた時宜《じぎ》がよかったのであろう。頃合いよく御使番をよく存じておられるお方が見えられてな」

隆観は首にかけている輪袈裟《わげさ》を外して、丁寧に畳みはじめた。

「その方がおっしゃるには、村瀬四郎左衛門様は評判芳《かんば》しくないとのことであった。そなたは御使番のお役目をご存じであろうか？」

「詳しいことは知りませぬ」

「うむ。わたしも細かなことまでは知らなかったのだが、御使番はなかなかのお役目のようじゃ。村瀬様は書院番士を経《へ》て御使番に上られた方だが、これはなかなか大変なこと。いわゆる大出世というやつじゃな。出世にはそれなりの人品と才覚がなければならぬが、最も大切なことが人であると申す。その筆頭が血縁であろうが、村瀬様はさほどの強い血縁はなかった。されど、世渡り上手なのであろう、ひとかたならぬ権ある方々と交誼《こうぎ》を結ばれたようで、御使番に引き立てられたとか。しかしながら……」

隆観は畳んだ輪袈裟を懐にしまった。

「煩悩が強いお方のようじゃ。どこの大名家のことか、教えてはもらえなんだが、村瀬様は、とある藩に国目付として赴《おもむ》かれた。主君がご幼少だったので、国の政《まつりごと》の後見にあたられたそうじゃ。御使番にはさようなお役もあるという。ところが主君を差し置き、家老らを牛耳《ぎゅうじ》り、我が物顔の振る舞いをされた。それがお上の知るところとなり、江戸に引き戻されたのじゃが、役目は下ろされなかった」

「何故？」

「村瀬様の足を引っ張る方々の粗相を訴え、権ある方々を味方につけたという話じゃ。その後は安泰にお役を務められている由《よし》。また、御使番は諸国大名家の動静を検分し取り締まることができるらしい。大名家としてはよからぬ話が、たとえ作り話であったとしても、上様の耳に入ったら大変。よって、大名は御使番に便宜を図らなければならぬ。いわゆる賄《まいない》じゃ。城中にはよくある話じゃが、賄の収受は御法度《ごはっと》。表沙汰にできることでは到底なく、賄の事実を揉み消さなければならぬ。そのためには人が動く。結句《けっく》、この世から姿を消した人もいるとかいないとか……。まるで物の怪《もののけ》でござる。怖ろしい人じゃ」

「物の怪……」

兼四郎は小さくつぶやき、銀杏の下で掃き掃除をしている若い坊主を眺めた。

「わかったのはさようなことじゃ。軽々しく口にできることではないので、拙僧に耳打ちするように教えて下された方の名も明かすことはできぬ」

「和尚、心得た。恩に着る」

兼四郎はすっくと立ちあがった。

「それで、いかがされるので……」

「人の命が奪われるかもしれぬ。そんなことがあってはならぬ。いえるのはそれだけだ」

隆観は小さくうなずいた。

「気をつけられよ」

兼四郎は目顔でうなずくと、そのまま栖岸院を出た。

九

日が暮れかかっている。

西の空に浮かぶ雲は紅《くれない》に染まり、傾いた日が光の束を江戸の町に落としていた。道にはとんぼが舞い、早くも家路を急ぐ人の姿も見られるようになった。

兼四郎が見張場にしている金泉に戻ると、官兵衛と定次が顔を向けてきた。

「何か動きは?」

兼四郎の問いに、ありましたと、定次が即答した。

「使いの者があの家に入って、すぐに出ていきました。あっしがあとを追うと、村瀬四郎左衛門の屋敷に消えました」

「相沢と吉山は、村瀬から何か指図を受けたのだろう。それで、村瀬のことはわかったのかい?」

官兵衛が聞いてきた。

兼四郎は隆観から聞いた話をざっとしてやった。

「つまり、腹汚い悪党ということか。表向きは役人面《づら》だが、裏ではとんだ悪党ってわけか。で、どうするのだ?」

官兵衛は吐き捨てるようにいって兼四郎を見た。

「相沢と吉山に指図があったのなら、今夜あたり何かやる気だろう」

「やる気ってのは……？」

「おそらく」

兼四郎は相沢新右衛門の家に目を注ぎ、

「相沢と吉山はあの家にいるのか？」

と、聞いた。答えたのは定次だった。

「います」

兼四郎は短く考えて、定次と官兵衛に顔を向けた。

「村瀬四郎左衛門は扇屋に脅しをかける肚であろう。だが、今度の脅しは扇屋にとって大きな痛手にならなければならぬ。そう考えれば、自《おの》ずと答えは出る」

「まさか大女将と若女将を手にかけると……」

官兵衛が息を呑んだ。

「いや、あの二人は店から出ないはずだ。それに出ないように釘を刺す」

「ならば誰を……」

「おそらく徳蔵という番頭。徳蔵は通いだ。店が終わったあと、家に帰るところなら狙いやすい」

「それじゃ、どうします？」

定次がかたい表情を向けてきた。

「徳蔵は五十過ぎの男だが、背恰好が定次に似ている」

定次がハッと目を見開く。

「あっしに囮《おとり》になれと……」

「すまぬが、そうしてもらいたい。頼む」

兼四郎はまっすぐ定次を見た。躊躇っている。だが、定次は口を引き結んだあとで、

「承知しやした。やります。それでどうすればいいのです？」

と、肚をくった顔を兼四郎に向けた。

「扇屋が商売を終える前に、店に行ってもらう」

「では、まいるか」

五つの鐘が鳴り終わるのを聞いた相沢新右衛門は、差料を引き寄せて、吉山伝兵衛の四角い顔を見た。

「うむ」

　伝兵衛は小さくうなずいて大刀をつかんだ。

　表は闇に覆《おお》われているが、皓々《こうこう》と照る月が空にある。月が雲に遮られないかぎり提灯《ちょうちん》はいらないようだ。

　新右衛門と伝兵衛はうす暗い路地を提灯もつけずに進み、麴町の通りに出た。半蔵御門《はんぞうごもん》から四谷御門までつづく道が、月あかりに白く浮かびあがっている。

　ところどころに居酒屋や料理屋の軒行灯が螢《ほたる》のようについている。人通りはすっかり絶えているが、ときおり料理屋から酔客《すいきゃく》の笑い声が聞こえてきた。

　新右衛門と伝兵衛は麴町四丁目裏にある小さな料理屋に入った。店の名を標《しる》した軒行灯には「若狭屋《わかさや》」とある。

「奥にお待ちで……」

　若い亭主が新右衛門の顔を見るなり、そういった。新右衛門と伝兵衛は土間奥にある小座敷に行った。

「殿様、相沢でございます」

　新右衛門が声をかけると、すぐに入れと声が返ってきた。新右衛門は障子を開け、伝兵衛と小座敷に入った。

「首尾はよいな」

村瀬四郎左衛門は盃《さかずき》を持ったまま、鋭く据わった目を新右衛門と伝兵衛に向けた。普段は柔和な笑みを口の端に湛えていることが多いが、いまは老獪《ろうかい》で底意地の悪そうな目つきになっている。

「徳蔵はいつものように勤めています。五つ半過ぎに店を出て家に帰ることも調べずみです」

伝兵衛が答えた。

「住まいはわかっておるのか？」

「店からほどない市《いち》ヶ谷《がや》本村町《ほんむらちょう》です」

「頃よい場所はあるのか？」

その問いには新右衛門が答えた。

「町屋を抜ければ、しばらく先手組の拝領屋敷地なので、人通りはほぼないといってよいでしょう。それに時刻も時刻です」

「騒がれるようなことがあってはならぬぞ」

「心得ています。それで、お約束の件ですが、守っていただけるのでしょうね」

新右衛門は燭台《しょくだい》のあかりに浮かぶ四郎左衛門をまっすぐ見る。

「わしは一度口にしたことは守る。そのほうらの仕官先は、上野小幡藩松平家《こうずけおばたはんまつだいらけ》にほぼ決まりだ。おそらく馬廻役《うままわりやく》であろう」

新右衛門は伝兵衛と顔を見合わせた。

小幡藩松平家の当主、采女正忠福《うねめのかみただよし》は若年寄《わかどしより》という幕府重臣である。それに馬廻役は平侍《ひらざむらい》ではなく、少なくとも五十石の禄はもらえるはずだ。これは思わぬ出世であるから、頰が緩むのは無理もない。

「終わりましたならば、いかがいたしましょう」

「わしは屋敷で待つ。門番に声をかければ、わしが表に出て話を聞く」

「承知いたしました」

「では、頼んだ」

四郎左衛門は行ってこいというように、新右衛門と伝兵衛から視線を外し、静かに盃を口に運んだ。

「伝兵衛、聞いたか」

店の外に出るなり、新右衛門は嬉々《きき》とした目を伝兵衛に向けた。

伝兵衛も少し驚き顔だ。

「まさかであった。さすが村瀬様である。あの方に目をかけられてよかった」

「うむ。だが、喜ぶのはまだ早い。おれたちには大事な〝仕事〟がある」

「いかにも。だが、この前のように辻斬りに見せかけて怪我をさせるだけではいかぬのか」

伝兵衛は強情そうな顔に似合わず臆《おく》したことをいう。

「村瀬様は斬れとおっしゃった。そうでもしなければ話が前へ進まぬのだろう。どうせ相手は老いぼれだ。寿命を少し縮めてやるだけだ」

「おぬしはよくそんなことを……」

伝兵衛があきれると、新右衛門は言葉を返した。

「なにをぬかす。おぬしは扇屋の板前を殺しているではないか」

「あれは……」

伝兵衛はそういったきり、黙り込んだ。

「そろそろ店が終わる頃だ。急ごう」

新右衛門は足を速めた。

四谷御門を抜け、麹町十一丁目を素通りし、扇屋のある四谷塩町に入った。居酒屋や料理屋のあかりはあるが、早くも暖簾をしまっている店もあった。客のほとんどは町木戸が閉まる四つ（午後十時）前に帰るからだ。

新右衛門と伝兵衛は扇屋を見張れる商家の庇《ひさし》の下へ入り、闇のなかに身をひそめた。

やがて扇屋から客が出てきた。いずれも侍だ。それからしばらくすると、商家の主と思われる裕福そうな客が、見送る若女将のお琴に軽口をたたいて歩き去った。

扇屋の客層はいい。それだけに料理や席料も高い。暖簾が下げられ、軒行灯が消された。店の戸口にあかりはあるが、その夜の営業は終わったのである。

新右衛門と伝兵衛は息を殺して、扇屋の入り口に目を注ぎつづける。どこかで夜烏《よがらす》が鳴いている。裏の路地からは猫の鳴き声。

月が雲に隠れたとき、提灯を提げた男が出てきた。頬被《ほっかむ》りをしている。やや猫背なので番頭の徳蔵だろう。

「出てきたぞ」

新右衛門は徳蔵から目をそらさず、伝兵衛に告げた。

店を出た徳蔵は普段なら四谷坂町《さかまち》のほうに向かうはずだが、この夜は堀端の道を北へ辿った。

「道がちがうぞ」

伝兵衛がいう。

「寄り道でもするのだろう。だが、こっちのほうが都合がよい」

新右衛門がそういうのは、堀端の道は左が武家地で右が堀なので、町屋よりぐっと人通りが少ないからだ。人の目はほとんどないといってもいい。

新右衛門は足を速め、徳蔵との距離を詰めると、刀の柄《つか》に手を添えた。刹那《せつな》、市ヶ谷八幡《はちまん》の時の鐘が、ゴーンと鳴らされた。

四つを告げる捨て鐘はゆっくり空に広がっていった。

十

徳蔵が緩やかな坂道に差しかかったとき、時の鐘が鳴った。そのとき、背後から迫っていた黒い影が刀に手をやり足を速めた。

黒い影が地を蹴り、刀を振りあげたとき、

「定次!」

兼四郎が声を張ると同時に、定次は手にしていた提灯を迫り来る二つの影に投げつけ、脱兎のごとく駆けた。

「やっ」

驚きの声を発したのは相沢新右衛門だった。

突如、目の前に兼四郎が立ったからである。さらにすぐそばに官兵衛の姿も。

「辻斬りの真似事をするとはいただけねえな」

官兵衛がぐいっと前に出る。

「き、きさまらは……」

吉山伝兵衛はそういうなり、いきなり官兵衛に斬りかかった。ほぼ同時に新右衛門が兼四郎を袈裟懸けに斬りにきた。

兼四郎は横に打ち払い、返す刀で新右衛門に突きを送り込んだが、すんでのところでかわされ、擦りあげるように斬り込まれた。

月光をはじく白刃が風切り音を立て、兼四郎の袖口をわずかに切っていた。

兼四郎はとっさに下がってかわしたが、新右衛門はすかさず追い込んで大上《だいじょう》段《だん》から唐竹割りに撃ち込んできた。

転瞬《てんしゅん》、兼四郎は体を左へ飛ばすように動かし、新右衛門の背後にまわりこんだ。

驚き顔で新右衛門が振り返ったが、そのとき兼四郎の和泉守兼定《いずみのかみかねさだ》二尺二寸がうなりをあげた。

新右衛門の眉間《みけん》から顎にかけて一本の筋が引かれ、にわかに血が噴きあがってきた。

「く、くっ……」

あっという間に顔面を血に染めた新右衛門は、数歩よろけると、そのまま前のめりに倒れた。

兼四郎はすぐに官兵衛を見た。鍔迫《つばぜ》りあっていた吉山伝兵衛を押しやり、即座に逆袈裟に刀を振りあげた。

「斬るなッ」

兼四郎は制止しようとしたが、官兵衛の刀は伝兵衛の胸を斬りあげていた。

「あうッ……」

伝兵衛はよろけて堀端の立木《たちき》に背中を預け、なおも刀を構えたが、もはや力は残っていないとわかった。

案の定、木の幹に背を預けたままずるずると体を沈み込ませ、尻餅をついた。

兼四郎はとっさに伝兵衛に駆け寄ると、右手に持っている刀を奪い取って、その首筋に自分の刀をあてがった。

伝兵衛の小粒な目が驚愕したように見開かれ、

「斬れ、斬ってくれ」

と、声をふるわせた。伝兵衛の胸は血に濡れていた。

「きさまらは扇屋の番頭の徳蔵を狙っていたのだな」

「…………」

伝兵衛は苦しそうに顔をゆがめた。

「徳蔵を殺す魂胆《こんたん》だったのだろうが、村瀬四郎左衛門の指図だった。そうだな」

「……そ、それがどうした。おれたちは村瀬様のために……」

「なんだ？」

「村瀬様にご奉仕しただけだ」

「扇屋の板前の信吉を殺したのもそうか？」

官兵衛が聞いた。

「殺すつもりはなかった。やつが怖がって逃げ、過《あやま》って川にはまったのだ。だが、助けるわけにもいかなかった」

「すると、信吉を見殺しにしたのか」

伝兵衛は苦しそうに荒い息をした。殺せとかすれた声で懇願《こんがん》する。

「もうひとりの板前を斬りつけたのも、きさまらの仕業だったのだな」

兼四郎は苦しそうにしている伝兵衛をにらみ据える。

「村瀬様のお役に……立たなければ……なら……」

「村瀬四郎左衛門はどこにいる？」

伝兵衛の目はうつろになっていた。どこだと、もう一度問うと、

「屋敷で……待って……」

伝兵衛はそういったきり、がっくりと首を垂れた。

兼四郎は伝兵衛の死体を横たえて立ちあがった。

「どうする？」

官兵衛が見てきた。

「村瀬四郎左衛門を斬る」

兼四郎はきっと目を光らせて言葉をついだ。

「幕府重臣であろうが、人を操《あやつ》って罪なき者を殺《あや》めたやつばら、許してはおけぬ。見過ごせば、また生け贄《いにえ》になる者が出るだろう」

「よし、話は決まった」

官兵衛は懐紙《かいし》で刀を拭って鞘に納めた。定次がそばにやってきて、これから村

瀬家に行くのかと聞いた。

「答えるまでもない」

兼四郎はそのまま歩きだした。官兵衛と定次がついてくる。

月は雲に隠れたり出たりを繰り返している。川端の柳《やなぎ》が夜風に吹かれ、土手に繁茂《はんも》するススキを揺らしていた。

麴町を抜け番町に入る。武家屋敷ばかりなので、あたりは森閑《しんかん》としており、土塀にのぞく枝振りのよい松が、人気のない道に影を作っていた。

「ここです」

村瀬家の屋敷門前で定次が立ち止まって兼四郎を見た。

「当主を呼ぶのだ」

歩いてくる間に、どうやって村瀬四郎左衛門を呼び出すかは相談しあっていたので、定次が門をたたき、声をかけた。

「相沢新右衛門である。殿様に門外にいるとお伝え願う」

「相沢様でしたか、少々お待ちを……」

門番の声が返ってきて、足音が遠ざかった。

待つほどもなく新たな足音が近づいてきて、

「作次、もうよい。下がっておれ」

という声がした。

それからゆっくり脇の潜り戸が開き、村瀬四郎左衛門が出てきた。

「や、そのほうらは」

四郎左衛門は眉を動かして兼四郎らを見た。

「天誅である」

兼四郎はぐいと前に出ると、そのまま抜刀し、四郎左衛門を一刀のもと、斬り捨てた。

「あ……」

四郎左衛門は短い声を漏らしただけで、その場に倒れ伏した。

十一

兼四郎は翌朝、寿々に会って、もう二度と菊屋が掛け合いに来ることはないと告げた。

寿々は目をしばたたき、信じられないという顔をしたが、

「おれの相談を受けた方が、よくよく話をしてくださったのだ。菊屋もお寿々さ

んの強情には根負けをしていたらしく、あっさり引き下がったということだ。店を譲ってくれという話はもうないだろう」

と、兼四郎が半分とぼけたような顔をしていうと、

「ほんとに、ほんとうにそうなのね。信じていいのね」

と、目を輝かせて嬉しそうに頰をゆるめた。

「信用のおける方だ。安心しな」

寿々は大きく嘆息をすると、胸を撫で下ろして兼四郎をあらためて見た。

「大将、もうどうなることかと思っていたのよ。それに三百両で売ってしまおうかと考えてもみたのよ。でもよかった。大将に相談してよかったわ。ありがとう。大将、恩に着ますよ」

「お寿々さんのたっての願いだし、お寿々さんの困った顔は見たくねえからな」

兼四郎が笑っていうと、

「大将、今日はお店やるんでしょう」

と聞く。

「ああ、いつまでも休んでいるわけにはいかねえだろう」

「だったらあとで行くわ」

その日の夕刻――。

兼四郎は心底嬉しそうな顔をした寿々を思い出しながら、煙管を吹かして苦笑した。

「やれやれだ」

そう独りごちると、煙管を床几の角にぶつけて灰を落とし、立ちあがった。暖簾を掛け、前垂れを締め直し、襷を掛けて店のなかに入った。

しばらくして下駄音が聞こえてきた。すぐに寿々だとわかる。兼四郎は板場に入って、客席を見通せる小窓から寿々が戸口を入ってくるのを見た。

「いらっしゃい」

「やっぱりここは落ち着くわ。どうしてかしらねえ。大将、ちょっと……」

寿々は土間に入ってきて手招《てまね》きをした。

「なんだい？」

「大将が相談した方にお礼をしなきゃならないわ。これはわたしの気持ちなので、その方にわたしてくれないかしら。ほんとうは直接会ってお礼をいいたいんだけれど、遠慮されているんでしょう」

「まあ……」

「だったらわたしの代わりに。ね、お願い」

兼四郎はわたされた袱紗《ふくさ》包《づつ》みを見た。ずしりと重い。すぐに切餅《きりもち》（二十五両）だとわかった。

「こりゃあ、ちょいと過分じゃねえか」

「過分なことなんかありません。店がなくなりそうになったのよ。それを助けていただいたのだから、それでも足りないかもしれないわ」

「いや、しかし……」

「大将」

寿々がキッとした目で見てくる。いつものように厚化粧を決めている。

「何も大将が困った顔することないでしょう。その方にちゃんとわたしてくれるだけでいいんだから。だめよ、猫ばばなんかしたら」

「そんなことするもんかい」

「そうよね。さ、景気づけに一杯いただくわ。大将も付き合いなさいな」

「へえへえ」

兼四郎は板場に入って銚釐《ちろり》に酒を入れ、さっと温めてから寿々のもとに届けた。

「わたしがついであげます。この度はお世話になったのですからね」

「すまねえな」

酌を受けた兼四郎は、寿々に酌を返した。

「では遠慮なく」

兼四郎が盃を空けると、

「今度のこと、ここの客にはこれよ。それから店のことも」

寿々が口の前に指を立てていった。

「わかっている。誰にもいいやしないさ」

「やっぱ、あんたいい男よねえ」

しみじみといった寿々は、そのまま盃をほした。いい飲みっぷりだ。

「さ、もう一杯いきましょう」

寿々はまた酌をする。そこへ辰吉と松太郎があらわれた。

「よッ、ご両人。仲良くやってるじゃねえか」

松太郎が冷やかせば、

「ついに大将もお寿々さんの手に落ちたか」

と、冗談をいってガハハハと笑う。

「なにいってんのさ。今日は嬉しいことがあったから、あんたたちにもご馳走するわ。わたしの奢《おご》りよ」

「え、ほんとうかい」

松太郎がギョロ目を大きくする。

「そいじゃ遠慮なくいただきますさぁ。大将、上等の酒を頼むぜ」

辰吉は遠慮がない。

「そいで、嬉しいことってなにがあったんだい？」

松太郎が寿々を眺めて聞く。

「それはないしょ。大将、早くお酒を頂戴」

兼四郎が板場に入って支度をする間も、三人は愚にもつかない馬鹿話をしていた。いつもの客の入ったいろは屋の開店である。

兼四郎はせっせと支度をしながら、寿々から預かった袱紗包みの金を見て、

（こりゃあ、官兵衛と定次にわたすか）

と、考えた。

「ほい、お待ち」

酒を運んでいくと、またもや辰吉が軽口をたたいた。

「大将、上等の酒だろうな」

「うちにはそんなもんは置いてねえさ。口に合わねえなら飲まなくていいぜ」

兼四郎が言葉を返すと、

「殺生《せっしょう》なこというねえ」

辰吉が渋い顔をしながらも、うまそうに酒を飲む。

「さあ、派手にやろう派手に。わたしの奢りよ。遠慮なんかいらないからさ」

寿々が気前のいいことをいえば、

「よっぽどいいことあったんだな。まさか金でも拾ったんじゃねえだろうな」

松太郎が真顔で寿々を見る。

「そんなことじゃないわよ。浅ましいこといわないで、どんどん飲みなさい」

あくまでも上機嫌の寿々である。

兼四郎は頬をゆるませて三人の客を眺め、暗くなってきた表に目を注ぎ、何よりも平穏が一番であると思うのだった。

この作品は双葉文庫のために書き下ろされました。

双葉文庫

い-40-52

浪人《ろうにん》奉《ぶ》行《ぎよう》

十ノ巻《じゆうのかん》

2020年 12月13日　第1刷発行

【著者】

稲《いな》葉《ば》稔《みのる》

【発行者】

箕浦克史

【発行所】

株式会社双葉社

〒162-8540 東京都新宿区東五軒町3番28号

［電話］03-5261-4818(営業)　03-5261-4833(編集)

www.futabasha.co.jp(双葉社の書籍・コミックが買えます)

【印刷所】

中央精版印刷株式会社

【製本所】

中央精版印刷株式会社

【フォーマット・デザイン】

日下潤一

ISBN978-4-575-67034-9 C0193

Printed in Japan

稲葉稔
影法師冥府《めいふ》おくり
父子《おやこ》雨情《うじょう》
長編時代小説

父を暴漢に殺害された青年剣士・宇佐見平四郎は、師と仰ぐ平山行蔵とともに先手御用掛として、許せぬ悪を討つ役目を担うことに。

稲葉稔
影法師冥府《めいふ》おくり
夕まぐれの月
長編時代小説

悪を闇に葬る先手御用掛を拝命して七年。幼馴染みのあやめと結ばれ、慎ましくも幸せに暮らす宇佐見平四郎に思わぬ悲劇が襲いかかる。

稲葉稔
影法師冥府《めいふ》おくり
雀の墓
長編時代小説

御城を警衛する与力と同心が斬殺された。下手人探しに奔る宇佐見平四郎は、探索が進むにつれ、殺された二人の悪評を知ることとなる。

稲葉稔
影法師冥府《めいふ》おくり
なみだ雨
長編時代小説

役目への不満を高じさせ、小普請組世話役宅に乗り込み一家斬殺に及んだ下手人を追う宇佐見平四郎は、剣気凄まじい曲者に襲われる。

稲葉稔
影法師冥府《めいふ》おくり
冬の雲
長編時代小説

水野家の下屋敷から白昼堂々、二万五千両が奪われた。事態を重く見た若年寄より、先手御用掛の宇佐見平四郎らに真相究明の密命が下る。

稲葉稔
影法師冥府《めいふ》おくり
鶯《うぐいす》の声
長編時代小説

水野家の金蔵襲撃は血筆の左平次の仕業ではなかった。平四郎は殺された包丁人の素性を探りついに黒幕を追い詰める。瞠目の最終巻。

稲葉稔
浪人奉行
一ノ巻
長編時代小説
〈書き下ろし〉

ある事情から剣を捨て、市井で飯屋を営む八雲兼四郎。だが、思わぬ巡り合わせから許せぬ悪を討つ〝浪人奉行〟となり、再び刀を握る。

稲葉稔

浪人奉行 二ノ巻

長編時代小説〈書き下ろし〉

反物を積んだ舟が江戸の手前で次々と消え、荷が闇商いされていた。外道の匂いを嗅ぎつけた〝浪人奉行〟八雲兼四郎は行徳に乗り込む。

稲葉稔

浪人奉行 三ノ巻

長編時代小説〈書き下ろし〉

池袋村で旅の行商人が惨殺された。居酒屋いろは屋の大将にして外道を闇に葬る〝浪人奉行〟八雲兼四郎が無辜の民の恨みを剛剣で晴らす！

稲葉稔

浪人奉行 四ノ巻

長編時代小説〈書き下ろし〉

升屋の大番頭の安否確認のため、殺しが頻発する東海道大井村に赴いた兼四郎は無残な骸と遭遇。下手人を追うなか美しい浜の娘と出会う。

稲葉稔

浪人奉行 五ノ巻

長編時代小説〈書き下ろし〉

目黒の商家が次々と賊に襲われた。しかも押し込み前には必ず娘や嫁が姿を消すという。惨状を耳にした兼四郎は賊成敗に乗り出す。

稲葉稔

浪人奉行 六ノ巻

長編時代小説〈書き下ろし〉

外道に地獄を、民に光を!! 〝浪人奉行〟八雲兼四郎の影仕置きの舞台は武州中野宿へ。米問屋一家皆殺しの賊は型破りの浪人集団だった！

稲葉稔

浪人奉行 七ノ巻

長編時代小説〈書き下ろし〉

鈴ヶ森で行き倒れていた幼子、小太郎の世話を引き受けた兼四郎。徐々に心を通わすようになるが、やがて小太郎の過去が明らかになる。

稲葉稔

浪人奉行 八ノ巻

長編時代小説〈書き下ろし〉

江戸郊外長崎村がならず者に襲われた。女子供まで殺める悪鬼を成敗すべく乗り込んだ兼四郎だったが、空前絶後の凶敵を前に窮地に陥る。

稲葉稔　**浪人奉行　九ノ巻**　長編時代小説〈書き下ろし〉

剣の腕を隠して飯屋を営む八雲兼四郎は不憫な女お蛍と知り合う。一方、江戸湊では海賊が横行。兼四郎は、お蛍を案じつつ成敗に向かう。

稲葉稔　本所見廻り同心控　**ぶらり十兵衛**　時代小説

辛くとも懸命に生きる市井の人々をそっといたわる本所の守り神、深見十兵衛。男気溢れる人情捌きが胸に染み入る珠玉の第一弾。

稲葉稔　本所見廻り同心控　**十兵衛推参**　長編時代小説

深川で二人の浪人が斬殺された。本所見廻りの深見十兵衛は凄烈な太刀筋に息を呑む。背後には悪党〝闇の与三郎〟の影が蠢いていた。

稲葉稔　新装版 不知火隼人風塵抄　**葵の密使【一】**　長編時代小説

将軍の隠し子にして剛剣と短筒を自在に操る凄腕密使・不知火隼人、見参！　剣戟の名手による伝説の娯楽大作が装いも新たに登場。

稲葉稔　新装版 不知火隼人風塵抄　**葵の密使【二】**　長編時代小説

浦賀で暗躍する武器弾薬の密貿易一味を剛剣で征した隼人。だが護送中、頭目の男が自害。黒幕を追う隼人に絶体絶命の危機が迫る。

稲葉稔　新装版 不知火隼人風塵抄　**葵の密使【三】**　長編時代小説

幕府を挑発するが如く江戸に近づく謎の黒船。大奥御年寄、歌橋の密命を受けた不知火隼人はその正体を暴くべく安房館山へ急行する。

稲葉稔　新装版 不知火隼人風塵抄　**葵の密使【四】**　長編時代小説

「そなたは上さまの兄上。命を狙われておる」——歌橋の思わぬ告白に驚愕する隼人。すでに刺客は背後に迫っていた！　瞠目の最終巻。